追光者

THE LIGHT CHASERS

（美）张思源 ◎ 著

SPM 南方传媒 | 广东经济出版社

— 广州 —

图书在版编目（CIP）数据

追光者/（美）张思源著. —广州：广东经济出版社，2024.4
ISBN 978-7-5454-9105-0

Ⅰ.①追… Ⅱ.①张… Ⅲ.①回忆录—美国—现代 Ⅳ.①I712.55

中国国家版本馆 CIP 数据核字（2024）第 026552 号

责任编辑：易 伦 李 璐
责任校对：陈运苗
责任技编：陆俊帆
封面设计：邓 翔

追光者
ZHUIGUANGZHE

出版发行：广东经济出版社（广州市水荫路 11 号 11～12 楼）
印　　刷：广州市豪威彩色印务有限公司
　　　　　（广州市增城区宁西街新和南路 4 号）
开　　本：880mm×1230mm　1/32　　　　印　　张：6.5
版　　次：2024 年 4 月第 1 版　　　　　　印　　次：2024 年 4 月第 1 次
书　　号：ISBN 978-7-5454-9105-0　　　字　　数：150 千字
定　　价：68.00 元

发行电话：（020）87393830　　　　　　编辑邮箱：gdjjcbstg@163.com
广东经济出版社常年法律顾问：胡志海律师　　法务电话：（020）37603025
如发现印装质量问题，请与本社联系，本社负责调换。

版权所有 · 侵权必究

推荐序

我眼里的张思源（Guno）是一位阳光大男孩，是一位善良正直、勇敢的男性，是一位成功的创业家，是一位多才多艺并在舞台上光芒四射的人。他有着非常强的感染力及演讲天分，是名副其实的超级演说家。

但如果仔细了解他的个性，又可以说他是一位内敛、沉稳的人。

他是一位高才生，做事极其认真负责，并且善用数据，非常精准，为人又很谦和，当然也非常值得信赖。

他是一位近乎完美的男人：一米八的身高、帅气的外形、亮眼的学历、文武双全、事业家庭双丰收。

如果你认真阅读这本书，你还会知道，其实他这一路都在披荆斩棘，他是一位追光者！

他热爱生活，这份热爱，让他把喜欢的事情做到极致。他喜欢跳舞，就跟专业的老师刻苦学习，还获得过专业奖项；他喜欢唱歌，就请专业的老师指导，用心对待！

出类拔萃的背后，是不为人知的艰辛。张思源的成长历程，可以用颠沛流离来形容，也可以用多彩多姿来感受。或许他现在看起来非常光鲜亮丽，但那都是在历经挑战、困难、挫折、压力之后的破茧成蝶。

我相信这本书会令所有想让自己面对压力仍然能够轻松化解、面对困难仍然能够轻松突破、面对问题仍然能够谈笑自如的朋友，视为人生的宝典！

几十年来，我穿梭在各个国家，举办各种不同的演讲，出版了几十本书，并且给很多企业家及创业者授课，自己也经营企业几十年，很少看到这样有为的学员——他从名校毕业，在我的课程活动当中，被所有学员称为学霸！他谦虚认真学习的态度、努力坚持的表现，已经成为我众多企业家学员的楷模，很多人把他视为"男神"，因为他总是第一个交作业，并且保持最高的作业品质。

一个成功的人一定是热爱学习并且总是很谦逊的，他就是如此！

《追光者》讲述了张思源从出生到留学、从留学到创业、从创业到再创业的人生历程，以及他如何从所遭遇的磨难中爬起来的点点滴滴。

这本书绝对是创业者及想创业的人，以及渴望成为人生赢家的人的百科全书和生存宝典。我非常希望大家能够把这本书收藏、传阅并认真品读，它一定会帮助你拥有最好的生命状态。我郑重推荐！

国际级演说家、畅销书作家、
"全球创业人物实录"平台创办人、跨国企业家

洪豪泽

2023 年 10 月

自　序

世界纷繁复杂，光是世界最精确的注解！当万物被照亮时，我们将不再迷茫！

太阳之光能照亮芸芸众生，无有遗漏者；月亮之光能照临每一位心中有爱的人。唯心与境和，方能契心合意成其隽永！然而，孤独的人发现不了那光中隐藏的至美，有私心的人也发现不了光中的圆融与通达。

人生，匆匆而来，匆匆而去，与光共舞，才能体验星辰般的精彩！

像向日葵一样有所追求，向阳而生，自然璀璨在身，和光同尘，创造出自己的精彩！眸中有星光，心中有温暖，让生命有力量，像一个生命的舞者，始终与光共舞！像一阕生命之歌，唱出纸短情长，也唱出岁月静美！

人生，要有自己的追求，就像每一束光都有自己的方向！

梦想或许如同远方的星光，然而，希望却是近旁的篝火，心中有梦想与希望，有所追求，并为之付出不懈的努力，再远的目标也能到达，再艰难的岁月也能过得云淡风轻！

人生最可贵的，就是让自己活成一束光！有温暖一切的境界，有照亮一切的格局，也有持续利他的宏愿。

人生若没有光，就会让自己的心一直在黑暗中沉默，没有追求，浑浑噩噩地过日子，那便是虚度人生。时光最宝贵，人来到世上，一定是带着使命而来，一万年太久，只争朝夕！我们来到人间，要欣赏花怎么开，水怎么流，云朵怎样美，星光怎样璀璨，同时，我们也要去开创一个更有爱、更美好的未来！

无悔的人生，才是光芒万丈的，一切的奋斗，是为了每一个梦想都不落空！

世界精彩无限，永远没有统一的答案！成功的路不止一条，我们要做一个勇敢的探索者，追光而行，有光的地方，路一定走得正！向阳而生，一定繁花满地！做自己应该做的事，爱自己应该爱的人，成就自己向往的未来！

心怀感恩，饮水思源，种善因，结善缘，得善果！

一颗种子种在心田，需要经历孤独、黑暗，逆光而来，成长是痛苦的，也是快乐的，正心、正念，发芽、破土、苗壮成长，直到开花结果，让生命活出不一样的精彩！

逆光而来，不惧挫折，不惧阴霾，不惧一切艰难险阻，心中始终相信黑暗过后就是曙光！破晓的时光，耐得住性子，不负时光，不负他人，也不负自己！

像追赶太阳的夸父一样，追赶着时光，不让每一分每一秒虚度！

黑夜，落下的太阳，必在别处升起！每一颗微小的星辰，都是一轮照亮一切的太阳！

人生是一场修行，也是一支舞蹈，是与时光共舞，也是与星光共舞。

宇宙有星，四季有花，心中有梦！面朝大海，向阳而生！

与尘世相宜安好，与时光相伴而行，就会看到人生的星光在前路上闪烁；人生路漫漫，不畏风雨，风雨兼程，雨后的彩虹是生命折射出的美妙色彩！

人生的路上，一路欢歌，逆光而行，冲破黑暗，与光共舞，终能活成一道耀眼的光！

目　录

第一篇　时代风华，家族史诗

第1章　大时代的百年漂泊　/　3

第2章　大时代的避风港　/　8

第3章　心向祖国，南光之光　/　12

第4章　我又敬又怕的"香哥哥"　/　17

第5章　脚踏实地，才能心向远方　/　21

第6章　做一个让人放心的人　/　25

第7章　生命是奇迹，母爱是神迹　/　29

第8章　母爱无尽，愿以"无尽时光"相配　/　32

第9章　想到母亲，就像抬头看见整个苍穹　/　36

第二篇　岁月无声，亲情无价

第10章　心灵颜值更让人怦然心动　/　41

第11章　做一个点亮星空的人　/　45

第12章　梦想不动摇，未来就更确定　/　48

第13章　宠而不骄，才能经得起风雨　/　51

第 14 章　做他人的公主，不如做自己的女王　/　54

第 15 章　人心齐，让爱成为家的主旋律　/　57

第 16 章　活出真实的自己就是成功　/　59

第 17 章　每一次选择都在改变命运　/　62

第 18 章　亲情无价！因为情，所以亲！　/　65

第三篇　最初的梦想，扬帆起航

第 19 章　开始是梦想家，后来是追梦人　/　69

第 20 章　宁可承受成长的痛，不愿承受后悔的痛　/　72

第 21 章　音乐是一辈子的礼物　/　75

第 22 章　行万里路，寻找生命的远方　/　78

第 23 章　在挫折与苦难中建立强大自信力　/　81

第 24 章　能扛事，是一个人最了不起的才华　/　84

第四篇　恰同学少年，风华正茂

第 25 章　百年培正，红蓝精神，至善至正　/　89

第 26 章　表扬建立理想，惩戒建立道德　/　92

第 27 章　恰同学少年，逆光成长　/　95

第 28 章　每一分、每一秒都是梦想与平庸的较量　/　97

第五篇　外面的世界很精彩

第 29 章　变化是世界的常态，成长是我的常态　/　103

第 30 章　在异国他乡的星空下学会独自成长　/　106

第 31 章　选择决定未来！起点不怕低，
　　　　　目标不怕高 / 110

第 32 章　今生今世的山高水长，只为邂逅生生不息的
　　　　　美好 / 112

第 33 章　成长的三把钥匙：向外看，向内求，
　　　　　向前走 / 114

第六篇　逆光而来，坚定前行

第 34 章　人生无常，种种烦恼，皆是顿悟 / 121

第 35 章　梦想的微光，足以让星河燎原 / 124

第 36 章　生命中的贵人是无私的"守护天使" / 127

第 37 章　独立思考，去过自己想要的人生 / 130

第 38 章　被动，世界说了算！主动，自己说了算！ / 132

第七篇　梦想不休不止，脚步永不停歇

第 39 章　愚者错失机会，智者抓住机会，成功者创造
　　　　　机会 / 137

第 40 章　决定你能走多远的，是你的思维方式 / 141

第 41 章　像天才那样做事和思考，你就是天才 / 145

第 42 章　只要自己有才华，人生就存在无数
　　　　　可能性 / 148

第 43 章　川流不息的世界，永远不要停下前进的
　　　　　脚步 / 151

第 44 章　突破平庸是卓越，突破极限无极限 / 154

追光者

第 45 章 翩翩起舞的日子，才不会辜负璀璨绽放的
生命 / 158

第 46 章 创业的华彩乐章，每个乐章都拥有震撼人心的
力量 / 161

第 47 章 拥有学习力，在这个时代才拥有终极
竞争力 / 165

第 48 章 人生有不期而遇的挫折，更有生生不息的
希望 / 169

第 49 章 选择有爆发力的行业，是成功的秘诀 / 174

第 50 章 完美人生的三大标准：健康、财富、
幸福 / 177

第 51 章 逆光而来，逐梦前行，我对未来的几点
思考 / 180

后 记 / 183

随笔 1：人生不存在完美算法 / 185

随笔 2：互联网与智能时代，共享才能共赢 / 187

随笔 3：等待未来，不如创造未来 / 190

追光录——张思源创业语录 / 193

第一篇
时代风华，家族史诗

第1章
大时代的百年漂泊

在民族与国家的历史长河里，个人与家族的兴衰，不过是沧海中的一滴水而已！然而，这一滴平凡的水里，却折射出家族之中每一个人的喜怒哀乐与悲欢离合！

1964年11月22日，我出生于印度尼西亚（以下简称"印尼"）的首都雅加达。我3岁的时候，由于众所周知的"印尼排华"事件而离开雅加达。虽然我在那边出生，但是，我几乎所有对出生地的印象都来源于父母的讲述！我只知道那是我父母亲相遇、相爱的地方，除此之外，并没有更多印象。

我对自己的出生地的感情是非常复杂的，我在那里出生，并且成长到3岁，然而，那里又是排斥我们华人的地方！好在我对那里并没有印象，所以，我不爱它，也不会刻意恨它，只是把它作为略显黑暗的历史存放在我的记忆之中！

温暖与爱，需要经历过才会懂；同样，黑暗与恨，也需要经历过才会懂！

我们这个大家族，百年间，始终在漂泊！最初是我的太祖父随着"下南洋"的热潮来到印尼，在一个叫棉兰的地方定居。其实，我们的祖籍是在山东，之后辗转去了广东，又由广东来到印尼，可以说，我们整个家族都随着大时代的变迁而辗转腾挪，为了生存而四处漂泊。我们都有一颗漂泊的灵魂，所以，心中对于故土的眷恋，比任何人都深！

我爷爷就是一个典型的爱国华侨，无论走到哪里，无论过了多少年，他心中对祖国的爱是永远也不会改变的！我爷爷没有明说，但是，我们后辈从种种迹象看得出来，他其实一直在为祖国做事，有着深厚的红色背景！

我印象很深的事情是，1976 年周总理离世的时候，举国悲恸，而我们远在澳门，得知这一消息，爷爷泪流满面，要求全家人为周总理戴孝！那一年是多灾多难的一年，三位重要领导人相继离世、唐山大地震，一次又一次打击，让我们觉得整个天都是灰色的！

爷爷一辈子都非常爱国，他的身体一直往外走，他的心却一直往祖国而去。我的两个伯伯受爷爷的影响，直接想方设法回国，支援国内建设去了！

当时，我爷爷是在隶属英国的渣打银行就职，他英文非常好，应该是做到了经理级别。而我父亲则跟着我的爷爷做事，那时，他比较年轻，应该就是一个普通文员。我母亲是一个大家族的小女儿，很多兄弟姐妹，她最小，是最受宠的那个。她没吃过什么苦，但在我父亲生意破产后，却让我看到了她无比坚韧的一面。

生活在大时代，每个人的命运都跌宕起伏，像是一滴水在汪洋大海中感受时代的巨浪！

妈妈读到初中就没再读书，后来到雅加达投靠一个姓邓的老先生学裁缝手艺。那时，妈妈大概只有十几岁的年纪，便已开始谋生，而且就住在简陋的裁缝店里。刚好那家裁缝店在爸爸住的那条街上，他们成了邻居，命运就这样让他们相遇了！

我是父母的长子，算是第三代在印尼出生的华侨。我太祖父出生于清末，是最早一批"下南洋"的中国人。清朝末年，国内经济不太好，很多人都要出外打工，而那时，我的太祖父被"卖猪仔"到了印尼——其实是被骗过去的。一些中间商会说南洋工作很赚钱之类，把人骗过去，结果是干一些苦力活，收入也非常少。但是，我们中国人就像坚硬的种子，不管落在哪里都能生根发芽！我们家就这样在印尼艰难地生活、艰苦地奋斗，最终打出了自己的一片天地。我出生的时候，可以说已经是"富二代"或"富三代"了！

命运其实没有绝对的好坏，命运会如此安排，一定有它的深意。

当初，我的太祖父被骗来南洋，人家跟他说南洋有"金矿"，让他去挖黄金，结果却是干苦力活。但是，经过我们几代人的努力，我们倒真的在南洋挖到了"金矿"，只不过，这"金矿"并不是在土地里，而是在我们坚强的意志里，在我们的智慧与执着里！我爷爷那一辈人，不仅通过自己的勤劳与智慧改变了整个家族的命运，而且在暗中帮助新中国的建设，成为备受国人尊敬的爱国华侨。

我们中国人不论在世界任何一个角落，都能凭借自己的勤劳和智慧得到很好的发展。也正因如此，当地人感受到了来自中国人的竞争，所以，不少国家会有排华的现象。那时候，印尼排华现象非常严重，而我们家族又多多少少有红色背景，为了安全起见，爷爷决定带领全家人去澳门。

我爷爷是非常爱国的人，他一辈子的努力都与祖国有着千丝万缕的关联。爷爷是整个家族的大总管，而我爸爸那时才二十几岁，结婚不久，所以也跟着爷爷，带着家人来到澳门。

其实，我们是先逃去了香港。1967年跑到香港的时候，发现香港也特别乱，到处暴乱，十分危险，而且我们在香港没有落脚的地方，也没有熟识的人，于是，爷爷就决定转投澳门去了。这就是我们家族与澳门的缘分。纷乱的大时代，哪里都不安全，但那时的澳门，算是一片可以安身之地。

澳门是一个小城市，那里最著名的是赌场，博彩业是它的经济命脉。但当时的澳门却是一个很不发达的地方，有点像农村。澳门跟香港不一样，我不太喜欢香港，却很喜欢澳门。我不太喜欢香港的繁荣、香港的快；我喜欢澳门的空气、澳门的宁静。澳门夏天的蝉叫、澳门的人间烟火气，都是我心仪的，也是我的童年回忆。从某种程度上说，澳门这个地方，塑造了我最初的性格。

在澳门生活的时候，我喜欢在海边捞鱼、钓鱼，我喜欢骑自行车到处走——小小的澳门，半个小时就可以走完。小小的城，孕育着我大大的梦想！

澳门的食物也非常美味，有它自己的特色，融汇了中国、葡萄牙、印尼、越南、缅甸等地的文化，而饮食习惯上也做到了兼容并包。各国文化在这里慢慢渗透，融会贯通，形成了别具一格的特色！

我想，澳门这种兼容并包的文化，也影响了我的思维方式，使我具备一颗开放、包容的心！

祖辈的一生看似都在漂泊，其灵魂却始终守在原地。当他们袒露自己的内心，勇敢追求自己喜欢的生活方式时，这份从容、坦荡和情怀是很多人不具备的。这是我从祖辈那里得到的另一种启示。

没有自由和舒适，没有平静和安闲，生存就如滚滚洪流，压得人喘不过气来，但这一切，也塑造了祖辈的大格局与博大的家国情怀！

漂泊将近百年之后，到我这一辈，我们已经能在这个精彩的世界上找到自己应有的地位。但在动荡的时代背景下，当时匮乏的物质条件反而促使精神亢奋和坚定信仰，而我也从中汲取着生命的养分，达到精神的共振。

生命逆光而来，我也展开了与自己祖辈不一样的漂泊之路！

大时代的漂泊是一个人在社会中面临无数变化和挑战时所经历的一种跌宕起伏的人生。在新的时代，人们同样会面临工作、家庭和社交关系等方面的变化，需要不断地适应和调整自己的生活方式和态度。

走了一百年，我们依然在大时代之中，我们依然在漂泊，但心一直在追光的路上！

在追光的路上，人们经常觉得自己不知道该往哪里去、该做什么，感到无助和孤独。同时，大时代的漂泊也带来了一些好处，例如在丰富的社会资源和人际关系中增强了适应能力，"落地生根"，不断开拓！

大时代，赋予我使命！大家族，赋予我责任！大情怀，赋予我梦想！

第 2 章
大时代的避风港

澳门当时受殖民统治，是一个中西合璧的城市，葡萄牙文化和中国、印尼、越南、缅甸等国文化在这里融合成为一种新的文化风格。

在那个时期，澳门的经济主要依赖旅游业和博彩业。当时澳门的旅游业非常发达，吸引了大量外国游客，而这些蜂拥而至的外国人，也带来了各地的文化，让我们开阔了眼界。

那时的澳门存在一些社会问题。例如，不良风气和社会不安定因素开始增加，给社会治安和公共安全带来了一定的威胁。当然，作为普通居民，并没有受到很大的影响，总体来说，那时的澳门是一个避风港！

澳门，是一座中西文化交融的城市，拥有独特的经济和社会环境；她又是一座包容的小城，亲朋友善，邻里和睦。总体来说，她是一座比较宜居的城市。

那时候，我们住在澳门的主城区，现在主城区金碧辉煌，发展壮大了，但当时感觉像农村。我喜欢那种宁静和慢节奏。成长，就是一点一点慢慢长大，像澳门的榕树一样，从很不起眼的小树苗，最终长成参天大树！

澳门有一条街叫荷兰园，上面有一些大炮台，还有历史遗留下来的炮弹，仿佛在诉说着澳门的曲折历史。澳门的名字也有一段来历，据说几百年前葡萄牙人到澳门经商，上岸的时候，不会说当地的话，就比画着问当地人这是什么地方，当地人就用广东话回答说是"妈阁庙"，谐音就是葡语的 Macau。

爷爷选择澳门是有他的理由的。

那时，父母只会讲一些广东的方言，不擅长讲粤语，他们是在澳门慢慢学会粤语的，他们在印尼时讲的是普通话。而我们这些孩子也不会讲粤语，全部都是现学的，因此，我们讲话的口音非常重，语调在当地人听来奇奇怪怪的，还常常被别人取笑。

我不是土生土长的澳门人，但在当地上学后，认识了很多当地人，之后便渐渐融入了澳门当地的生活。

童年的经历对我影响很大，我的家族成员长年漂泊，就像现代的"游牧民族"。原生家庭对我的影响也很大，我的父亲有很强的个性，很幽默，很会搞气氛，而且很会打扮。所以，虽然我们是现代的"游牧民族"，但家族成员日常都很注重仪表、注重礼仪，因此有一种优雅的气质藏在我们的骨子里！也正因为如此，从小到大，不管环境如何变化，不管在衣着、谈吐还是言行等方面，我都会让自己保持得体，因为我觉得这些基本的礼仪，是对他人的尊重，也是对自己的尊重。

在澳门，因为环境的关系，有些人会沉迷赌博，虽然大家都知道赌博肯定会输，但有些人就是经不起诱惑。这也让我明白一个非常重要的道理：人生，有所为，有所不为！也就是说，人生是因为你不去做一些事，你才有能力把另一些更有价值的事情做成功。在澳门生活，从小到大都会有非常多关于赌博的诱惑，连路边的小卖店也会有那种抽奖的机器，实际上那种机器也是一种赌具。我有个同学，就是因为沉迷赌博，把自己的整个人生都毁了。我非常庆幸自己没有喜欢上赌博这种行为，因为我的父母从小在这方面给予了我正向的教育。人生就是这样，从做选择开始，人生的方向就已经悄然形成了；而在人生路上，能禁得住各种诱惑，才有可能安然到达终点。

这个世界诱惑无处不在，大到名利方面的诱惑，小到美味的诱惑、享乐的诱惑，经不住诱惑的人往往很容易偏离自己人生的轨迹，甚至走向万丈深渊。

人生在世，不管世事怎样变迁，能坚守自己的本心非常重要！

人生如树，本心是根。根正树壮，才会枝繁叶茂，才会果实鲜美。对于一个漂泊的人及其身后的家族来说，只有坚守住本心，根基才能坚实，才能坚定地朝着未来的方向前进！

人心不足蛇吞象。人人有欲望，但欲望要适度，否则，它就会像野草一样，不铲除就会疯长；就会像洪水一样，不疏通就会泛滥。人之心胸，多欲则窄，寡欲则宽。一时抵制不住诱惑，就会让人失去到达远方的机会；只盯着眼前一点享受，就无法发现远方的梦想之地！

我从小比较内向，但也因此习惯不断向内看，懂得自省。在诱惑面前，我养成了自省的能力、自我觉察的能力，觉察自己的本心是什么，觉察什么东西是自己真正想要的，而什么东西不是自己想要的。这些能力，在我人生的每个选择中，都发挥了重要作用。

我的童年，是在澳门度过的。澳门是一座小城市，20世纪 60 年代时，她还不是很发达，人们的生活相对简单，社会文化和风俗习惯也比较传统，这一切最后都成了我的生命底色。那时，大多数人骑自行车或走路上班，汽车还比较少。澳门主要的街道和人行道都是由葡式碎石铺成的，街上除了自行车，也有一些面包车和出租车提供公共交通服务。澳门的住房条件比较简陋，很多人居住在小巷和胡同里，这些地方较为拥挤而且不太通风。虽然有些较富有的居民住在别墅里，但绝大多数人都是居住在老旧的公寓里。

当时澳门的美食文化已经开始发展，但仍比不上现在食材丰富、样式繁多。当时的人们主要食用海鲜、蔬菜和米饭，豆腐和面食也很受欢迎，澳门特色小吃如葡式蛋挞和鲜虾云吞等开始出现。

20 世纪 60 年代的澳门是一个文艺氛围浓厚的城市，很多人喜欢听歌、看电影和戏剧。而我至今仍非常热爱艺术，或许就是从小潜移默化受到的影响。

所有这些，在依稀的回忆中，成了我童年的"澳门印象"……

一座有故事的滨海小城，在大时代中成了我们家族的避风港，也成了我童年的温情记忆！

第3章

心向祖国，南光之光

我的名字是爷爷取的，有两层意思。第一是饮水思源的意思。爷爷是20世纪二三十年代上海交通大学金融系毕业的，而上海交通大学的校训是"饮水思源，爱国荣校"，这一观念，爷爷把它用在我的名字里了。第二是爷爷希望我成为一个懂得思源、懂得感恩的人。这是一种价值观，也是一种极好的家族精神的传承，就是不要忘本，不要忘记自己的祖国。即便身在他乡，也不要忘记自己从哪里来，不要忘记自己是一个中国人。我的印尼名字，则是因为印尼政策突变，我们为了避险，不得不依据政府的要求而起的，但是，我的印尼名字依然从发音上隐藏着我的中文名发音——再危险的环境、再艰难的处境，我们也从来没有忘本！

印尼想融合我们，但是，中国人很聪明，虽然换了名字，却换不了我们的心。

印象中，我的爷爷是一个又高又帅的人，看起来非常有魅力。他一米八一的大高个，比较健壮，而且很有才能，身上有一种领导风范。他的英文非常好，人际交往能力也很强，一看就不是一般人。我从小就很钦佩爷爷。

爷爷不仅生意做得出色，而且，他还是体育健将，年轻的时候在印尼夺过羽毛球冠军。

爷爷能讲一口流利的英语，在印尼工作的时候，服务于隶属英国的渣打银行，属于银行里面的高级经理。凭借着勤奋与好学，他在事业上取得了不俗的成绩。可以说，正是因为爷爷的成功，才改变了我们整个家族的命运。

爷爷在语言上很有天分，不仅能说一口流利的英语，而且能讲日语、印尼语，因此在银行工作时，他能大展拳脚，不断开拓业务，取得了很高的职位。

小时候，我和爷爷很亲密，小小年纪就成了爷爷的"跑腿"之一。在印尼时，爷爷是归侨总会的干部，每个月中国国家画报即《人民画报》出版后，他要负责给每户华侨送去，我也会帮忙送画报。

到澳门之后，爷爷在一个叫作"南光公司"的地方上班。南光公司是一家有浓郁家国情怀的集团，爷爷其实是在为祖国做事。后来爷爷又把父亲介绍进去，所以，父亲和爷爷那时都服务于南光公司。

大概过了两年，爷爷拿到了国货的总代理权，跟父亲一起创立了一家国货公司——中建行。作为澳门的国货总代理，所有的经销门店都要从中建行拿货，销售的商品包括灭火器、电话机、电线、轮胎……，我们成了管道的源头，家族的生意由此越做越大。

所以，我们猜测爷爷一定是有深厚背景的，不然怎么会这么快拿到总代理权。我有时候怀疑他是"长江一号"之类的角色。当然，我并没有深究这件事，但我知道有一件事是千真万确的，那就是爷爷首先是一个爱国者，其次才是一个商人。

南光公司前身为南光贸易公司，成立于 1949 年，秉承根植澳门、繁荣澳门的发展思路，"实业报国、惠泽澳门"是老一辈南光人的奋斗目标。20 世纪 60 年代至 70 年代初，南光公司大力发展码头、仓库、车队、贸易等业务，同时还创办了旅行社。为了切实推动澳门本地工商业的发展，一代又一代南光人不忘初心，牢记使命，锐意进取，砥砺前行，走过了一段艰苦但不断发展壮大的创业之旅。

在这样的大背景下，爷爷肩挑重任，成为南光公司在澳门的总代理，以期实现拳拳"实业报国"之心愿。

爷爷除了为祖国做事之外，也为澳门当地做了不少好事。当时，澳门粮食供应告急，为了稳定民心，爷爷协助政府及时联系邻近地区的大米货源，组织车辆不停抢运，并想方设法增加租用的仓库，扩大库存，以稳定市场、平抑物价，保障了澳门当地的民生。

"保障供给，稳定物价"是 20 世纪 60 年代南光公司提出的方针。作为南光公司的总代理，中建行的大部分货源来自祖国；随着制衣业和建筑业的发展，纺织面料、建筑材料也大部分从内地组织货源。这样不仅打开了澳门市场，繁荣了市民生活，也大大提高了南光公司的知名度，同时大大支援了祖国的建设与发展。

我知道爷爷在做大事，由于我与爷爷关系亲密，他也会叫我去做一些力所能及的事，比如帮他去送《人民画报》之类。在做事的过程中，我体验到了一种服务精神，那就是不管自己的位置有多高，也要本着一颗服务大众的心。

爷爷有非常强烈的爱国之心，对我的影响非常大。小时候，我的爷爷要我去读一所"红校"，而爸爸极力反对，爸爸想让我去读一所很有名的基督教学校。为此，他们还吵过架。爷爷很爱国，但他并没有用语言的方式教育我们爱国，而是以身体力行的方式使我们深受教育。言传永远比不过身教，家族精神的传承都是在耳濡目染与潜移默化中完成的。

小时候，爷爷睡觉的枕头是中国传统的那种陶瓷枕头，我很不解：这么硬的枕头怎么睡呀？我觉得爷爷就像古代人，他的生活也带着一点古朴的感觉。长大后才明白，一个小小的枕头，背后是一段深厚的文化和历史，是爷爷对于中国传统文化的坚守，也是为了让自己始终不忘本。这也是爷爷为我取名"思源"的原因，那就是永远记住自己的根在哪里！

我跟爷爷最后一次见面是在多伦多，那时我在多伦多，父亲送爷爷到多伦多玩，爷爷就跟我住了一个月。他帮我煮饭，照顾我。他跟我说了一段话，让我很感动，让我体会到爷爷除了严肃的一面，也有柔情的一面。他跟我说："以后我走了，我肯定留一份给你！"他说的是财产，因为那时候家族成员已经开始争家产了，所以，爷爷才会这么说，这证明爷爷从来都是把我放在他心里很重要的位置！

我对奶奶的印象，则模模糊糊，好像她一直在生病。但她和妈妈之间发生过一件"有趣"的事情，让我印象深刻，就是她们两个人因为我闹别扭。记得那是我上小学的时候，有次妈妈在辅导我作业时，因为我的作业没有达到要求，妈妈于是骂了我几句，奶奶看不过去，说："你不能这样教孩子，不能骂他！"

妈妈没有反驳奶奶，而是生闷气闹别扭，"离家出走"了一天，家里人都很担心。现在想来，那天妈妈就像个小孩子一样，而当时的我也有点不成熟的小心思：原来"离家出走"可以让家人这么在意自己。不过长大之后，我当然明白，这不可取。

这个小故事告诉我，再亲密的关系，都会存在矛盾，都有可能发生冲突，都需要我们悉心去呵护！

爷爷是受人尊敬的爱国华侨，是坚定的爱国者，他的身上有着源于中华文化的韧性和坚守，他的行为印证了中国文化的生命力与强大活力，也印证了中华民族的凝聚力与一脉相承的家国情怀！爷爷为人处事，点滴细微之处，无不彰显着做人、做事的格局，无不彰显着华侨实业报国的情怀！

华侨是中华民族撒播向世界的"光"，他们关心祖国的发展和国家大事。华侨爱国情怀激荡在心胸，对祖国热爱、牵挂，在各种形式的爱国行动中积极发挥作用。而我的爷爷就是爱国华侨中的一抹星光，他的一言一行，都令人动容！

爷爷为祖国默默奉献力量，在热爱祖国的同时，也在海外宣传中国文化、推广中国的好形象，并以身为一个中国人而自豪。爷爷在传播中华文化、推动中华民族精神传承、弘扬爱国主义等方面也发挥了独特的作用。

爱国精神与家国情怀像星光一样，通过爷爷的努力，在我们家族代代传承！

第4章
我又敬又怕的"香哥哥"

我对父亲的情感比较复杂，他总是有种威严感，让我又敬又畏！他的教育方式比较传统，小时候我经常被他体罚，或许因为我是家里唯一的男孩子又是长子的关系，我总是成为父亲"打击"的首要目标！父亲虽然严格，但他身上有很多值得我学习的地方，如他非常善于社交、非常风趣幽默，大家都特别喜欢跟他交朋友，而他天生就是好客的性格。

可是私下他话又不多，做起事情来更是不苟言笑，小时候我经常做错事情，他一个眼神就能让我很害怕。

成语仪表堂堂形容父亲再合适不过，这与他特别喜欢打扮有关系。无论走到哪里，他都很注重仪表，加上他酷爱古龙水，大家都称他为"香哥哥"，还戏说他到处留"香"！父亲也常常会把他的这些有趣的故事讲给我们听，我常常暗自觉得他就像小时候电视剧里的"楚留香"。

大油头，是父亲的标志，在他那个年代比较流行，他一直保持着一丝不乱的大油头造型，走在流行时尚的前沿。除此之外，他还有一辆很酷的摩托车，他在少年时期经常开着摩托车穿梭在澳门大街小巷。

小时候我虽然很怕父亲，但他在我心里一直以很厉害

17

的形象存在。他非常喜欢唱歌，天生一把好嗓子，虽然没有经过任何科班的训练，但一开口唱歌就很有专业水平，仿佛天生就有这方面的艺术细胞。我想他骨子里应该是个很浪漫的人，因为他总喜欢唱情歌，事实上他跟母亲确实算得上是浪漫夫妻，经常"背着"我们去过二人世界。

从艺术细胞这一点上来说，我想我应该是遗传了他，我对音乐、舞蹈有着天生的热爱，而对艺术的热爱也让我受益匪浅！艺术可以熏陶人的情感，可以让人的情感走向纯粹，可以让人找到自己。

从某种程度上来说，艺术也需要先天条件，父亲的艺术天分比我好，他不用练，不用学，自己琢磨就可以唱到专业水平，而我虽有一定天赋，但做不到像父亲那样，我在音乐和舞蹈上面收获的成绩，都是靠持续努力学习和练习而来。

父亲平时工作很忙，交际也多，小时候不常见到他在家，更多时候我是跟妈妈在一起，所以，这也是为什么我对妈妈依赖，对父亲则是惧怕。

我小时候有一点"多动症"，喜欢在家里到处玩闹，拥有一颗好奇心，什么东西都想"解剖"开发研究一番。打烂东西、弄坏家里的物件是常有的事，通常这时候迎接我的就是父亲的一顿揍。后来，两个妹妹出生了，大妹妹虽然年纪比我小，但她经常"欺负"我，而我则会"欺负"小妹，但小妹却比较依赖我，我的童年就是在这样的温情打闹中度过的。

我理解父母所处的那个年代，他们每天忙着创业，压力非常大，家里孩子多，难免有顾不过来的时候，而我是家里唯一的男孩子，又是长子，他们对我的期望不言而喻，对我严格教育，既有传统的原因，有压力的原因，但更多是期望。但我对这样的教育方式并不认同，可我对现在的"快乐教育"的方式也不认同，因为教育本身就是要立规矩，不能一味放任，太放任和太严格都不是好的教育方式，好的教育方式，最重要还是平衡，掌握"度"很关键。

我想，父母对每个子女的爱肯定都是一样的，但因为他们对每个孩子期望不一样，所以，对他们的态度也会不同。父母对我很严厉，因为我很调皮，经常都是被打骂的对象，但小妹却从来没有被打过，也没有被骂过。小妹在我们家就是一位"受宠的公主"，所有人的宠爱都在她一个人身上，包括我的宠爱。大妹妹偶尔也会被责骂，可她毕竟是女孩子，当然不会像我这么严重。我不懂父母传统思维里的教育观念，但我知道他们对我严格的背后，肯定也是望子成龙。

父母在事业上引领行业、引领潮流，但在教育上却超级传统，可能这就是不可避免的属于那个年代的印记吧！

父亲排行老小，他上面有两个哥哥，一个姐姐，本来还有一个哥哥，但夭折了。父亲非常非常受宠，或许这也使他形成了比较自我的性格。爷爷什么都关照父亲，这是父亲的运气，但同时也是父亲的不幸。父亲从小到大，爷爷都把他当小孩子看待，即便父亲成家立业了，爷爷也没有把他当成成年人看待，因此，他们之间的矛盾就开始慢慢滋生，最终导致家族生意破产。

父亲希望自己更加独立，能独当一面，去开创自己的一番事业，爷爷则不舍得放手，两个人已经无法继续同频。

初到澳门时，父亲一开始做过出租车司机，也算是从底层开始立业。后来，他跟着爷爷进了南光公司，一段时间后，他们一起成立了自己的公司，他们之间的交集就更多了，但因为他们始终是不同频的两个人，所以很多隐藏性的问题开始慢慢积累。

公司创办过程中，很多东西都是由父亲一手操办，装修、招人、运营等等，都是父亲亲力亲为。公司能顺利办起来，父亲在其中起到了关键性的作用！他有超强的执行力，这一点我很钦佩他。

这些都是我印象中的父亲。我觉得我与他之间，似乎少了很多温情的东西，这或许都是因为各自的性格的关系。父亲从不刻意表露他对我的爱，我也从来没有刻意表露我对他的敬佩，如果我们能表露一点自己的真实内心，或许属于我们之间的记忆会更温暖。

列夫·托尔斯泰曾写道："每个人都会有缺陷，就像被上帝咬过的苹果，有的人缺陷比较大，正是因为上帝特别喜欢他的芬芳。"所以，我又敬又怕的"香哥哥"有这么多的优点，也有各种各样的缺点，同样我也是。

人无完人，希望每个人都能活出最真实的自己！

第 5 章
脚踏实地，才能心向远方

人生的精彩，不只在轰轰烈烈之间，平凡之中亦蕴藏着伟大，脚踏实地做事才是生命的常理。

小学的时候，父亲让我在自家公司打杂，还给我开一点点工资，我以为父亲是想锻炼我，其实，他是想让我当"监工"。现在想起这件事，还是觉得很有意思。

我跟公司里的职员一起去送货，做一个小小的搬运工，除了搬运工作，父亲还让我监视那些职员有没有偷懒或作弊。干完活回去，父亲就会问我这些职员的表现，我当时还是小孩子，哪里有什么城府，就如实都说了。

这是我第一次体验到工作不是那么容易的事！虽然是在自家的公司里打工，但还是一样能够体会到那种辛苦，体验到大人创业的艰辛，体验到员工们为生活奔波的劳碌，更加理解大人身上所承受的压力！

尤其通过这件事，让我看到父亲的另一面。他在公司的状态和在家里的状态完全不一样，原来他也有温情与有趣的一面。之前我特别怕他，主要是他很严肃、很神秘，但从那之后，我发现他其实也没那么可怕，有时甚至还很可爱。

通过观察父亲如何工作，我也学会了不少东西。

父亲非常能干，总是能把公司的事处理得井井有条。那个年代还没有电梯，所以，有大型货物的时候，就需要指挥得当才能完成搬运，既不能伤到人，还要兼顾货物不受损伤，每次上货卸货的时候，只要父亲在场，大家心里就特别有底，因为有他在一旁指挥，就能做到万无一失。

父亲虽然从小一直受宠，但他也是在逆境中与命运对抗，坚守创业信念。他患有先天性心脏病扩大症，本来医生不看好他能长大成人，当他30多岁的时候，又患上了鼻咽癌去治疗，命运虽然没能给他一个强健的体魄，但他却用实际行动证明了生命不息，奋斗不止！

但父亲脾气也很火暴，有次在公司，见他发脾气大力拍桌子，把桌上的玻璃都打碎了，手下人对他都很敬畏！

他具备开拓精神，也乐于接受新鲜事物。不久后父亲就给公司安装了运货电梯，解决了上货卸货的大问题。

当我上大学时，我对父亲的印象再次改观。当时我鼓起勇气，拿着加拿大留学申请报名表回去跟他商量想要出国留学，没想到他直接答应了，这让我有点意外。

我没想过父亲会答应得那么爽快，而且整个留学准备的过程中，也是他一直陪着我办理各种手续。记得那时候为了办签证，凌晨两点就要起床排队，也是他陪着我，去见加拿大学校的负责人也是他陪着我，到了加拿大买房安顿也是他陪着我……就这样，我们的交流变多了。深入了解他之后，我看到了父亲不一样的一面，发现原来他总结出了很多人生感悟和生命哲理。

他告诉我："我跟你妈有个共识，当我们对小孩的教育有分歧、不一致的时候，不能当面吵架，尤其不能当着孩子的面吵架，只能私下讨论，这样不会影响到孩子。"父亲的话，第一次让我感受到自己之前对他的错误认识，其实他对我的爱一点不少，只是他没有把这份爱挂在嘴边。

父亲是个自爱、自强、有原则的人，他也希望我们不管身处何地都能自爱、坚守原则。印象很深刻的是，在我出国的时候，他说："你出国留学，我最担心的就是你去到外面，千万不能吸毒，吸毒毁一生！有些事，一次都不能尝试！"

正因为父亲的严厉、严格、严谨，直到现在我们三兄妹身上也没有任何恶习，哪些事可以做、哪些事绝对不能做，这杆秤一直在我们心里。

我印象中，最深刻的一句话是父亲的一句金句。这句话是他中风痊愈之后写下的感悟。他说："Everything easy, step by step!"意思是："一切一步一步，才能进展顺利！"

这是父亲写下的人生独白，也是对我的教益，让我终身受益！脚踏实地，才能心向远方！朴实，又真切！

我想，父亲也有他的委屈，他只是不愿意向别人提及。他的人生道路，也有风雨，也有崎岖，当繁杂琐事纠结于心，他也会苦闷。但是，他会劝慰自己，人生的路要一步一步来，每一步都要脚踏实地！最后，他把自己宝贵的人生心语教给我，让我少走了很多弯路。

面对逆境，不要怨天尤人，面对顺境，也不要沾沾自喜，无论是顺境还是逆境，终有一天会过去，踏实走好每一步，珍惜每一秒钟的时光，才是人生的常态。

记得作家三毛说过：“我来不及认真地年轻，待明白过来时，只能选择认真地老去。”

每一步都踏实，每一秒都不辜负，问心无愧，步步生风，就能活出最真实的自己！

第6章
做一个让人放心的人

我去加拿大上大学两年之后，回到家与父亲交流时，我问了他一句话："你为什么放心我自己去？"

他说："如果是你妹妹，我肯定不放心。但因为是你，所以我就放心！因为我懂你！"

父亲这句话，对我无疑是非常大的肯定，我常说这句话对我的影响深入骨髓。我觉得"让人放心"是对一个人非常高的评价！父亲不经意的一句话给了我莫大的鼓励，更是一种认同，我与父亲第一次有了"同频共振"的感觉，我感触很多！

其实，在我心里，父亲一直也是一个让人放心的人，因为他很有原则，而且信守承诺，他说过的话一定会兑现。比如，他说带我们去海滩玩，或者他对我们承诺某件事，他就一定会做到。

父亲和爷爷经常会因为家族企业中的事务产生一些矛盾，或许有些矛盾一开始察觉不到，可一旦爆发，就会变得水火不容。创业期间，他们也是"分分合合"。

我小学四年级的时候，父亲想要另立一家公司，开拓自己的事业，于是就创办了一家叫华源行的公司，公司名以他的名字和我的名字命名的。后来，这家新公司又合并到爷爷的中建行，好像爷爷承诺了父亲很高的股份。但是，来来回回，最后关系还是破裂了！

那时候，父亲主张在商言商，想在公司卖其他国家的货，那样利润高一些。但是，这样国货的比例就会相应下降，这在爷爷那里是绝对通不过的，他坚决不同意。这件事，成了他们闹矛盾的导火索！父亲纯粹是从商业的角度，想赚大钱，想在经济上发展，而爷爷则希望继续做国货，他觉得爱国就必须做国货，两个人都没错，只是看待问题的角度不一样。这是两代人的矛盾，是两种理念的矛盾，或许也是时代变迁后产生的矛盾。

事情越演越烈，原本爷爷答应父亲的股份最终因为矛盾冲突，也没兑现，父亲于是气急败坏，直接甩手不干了，把自己的公司也关闭了。公司的事情都是父亲经手的，爷爷很少参与，所以，这样一来公司的业务就受到影响，整个公司开始走下坡路，最后只能以破产收场。

这件事对我造成了很大的负面影响！对于我来说，父亲的原则性、正直、守信，都值得我学习；但是，他的冲动行事、火暴脾气，又让我觉得我一定要避免这些缺点！

如果父亲当年平心静气地处理这件事，那么，整个家族就不会因为他的冲动之举而受到影响；如果当初他能够理性沟通解决问题，这间公司说不定后来能做很长时间。

公司破产对我妈的影响非常大，我妈从来没有工作过，但因为公司破产，没了经济来源，她不得不出来工作，也因此熬坏了身体，导致她现在瘫痪。另外，妹妹那时还小，我后来才知道，那个时候我妹妹没饭吃，在校园里面晕倒了几次。

这就是父亲坏脾气的连锁反应，因为父亲一个人的坏脾气，没把事情处理好，导致公司破产，间接导致所有人的命运都跟着改变，所有人都因为他而受苦！

我们家族家道中落，很大方面是因为父亲，因为他的固执、坏脾气和一意孤行！

后来，父亲中风了，躺在床上十几年，从 47 岁到 64 岁，最后带着遗憾走了。

都说"打虎亲兄弟，上阵父子兵"，家族企业一开始的优势是大家都是亲人，彼此都是对方最放心的人，大家能拧成一股绳，凝聚力自然是非常强的！当家族企业发展壮大以后，每个人都会有自己的想法，大家渐渐想不到一起，而且，也无法通过一个人的强制命令来统一意见，这样就会产生很大的矛盾，最终就会使公司无法继续经营下去！

与亲人共事，会让家族企业陷入"小家文化"局限中，把"企业的事"变成为"家里的事"，清官难断家务事，最后矛盾会变得很难讲清楚，问题会越来越大！

现在，全世界还是有大量的家族企业，我觉得为了更好地实现家族企业在现代市场经济环境下的健康发展，应充分发挥家族企业的凝聚力优势，着重建设企业内部文化，形成良好的文化氛围，更重要的是，要保持开放的心态，不断引入外部的力量参与企业管理，提升家族企业竞争力。

家族企业有一定狭隘性，就是不放心"外人"，但是，企业要实现可持续发展，就应借助内、外部一切力量来发展自己！

追光者

　　站在更高的格局之上，才能看到更远的世界！

　　做一个让别人放心的人，源于慎独；做一个让自己放心的人，源于自律！

第 7 章
生命是奇迹，母爱是神迹

诗人但丁说："世界上有一种最美丽的声音，那便是母亲的呼唤！"

我要说："世界上有一个最美丽的名字，那就是：母亲！"

我的母亲是典型的贤妻良母。母亲是在一个大家庭长大的，她是家里最小的孩子，她最大的兄长，好像比她大20岁。母亲长得很漂亮，读书不多，只读到初三，但是她很有知识，也很有文化底蕴。从小到大，都是母亲帮我们几个孩子温书，她关心我们的功课，关心我们的成长。小时候，每天母亲都督促我们背生字，耐心解答我们的问题。

母亲非常能干，她学过裁缝，而且她厨艺也非常好，很会料理家务。一家人的饭菜都是母亲做的，她每天去买菜，每天做饭，周而复始，天天辛苦地为一家人的生活忙碌着。母亲似乎什么菜都会做，印尼菜她会，广东菜也会，客家菜也会，什么菜都会做得很好吃，每天她就这样照顾家里人。母亲虽然没有出去工作，但每天在家里操持家务，把家里收拾得一尘不染，十分辛苦，她是典型的贤妻良母！

我们家创办公司的时候，母亲有时候也会去帮忙。当大家出去送货，没人看铺时，她也会在店里看铺。为了看铺，母亲有时就住在店里。当时，我们开的是国货行，就是那种下面是铺，上面就是睡觉的地方，地方不大，条件也比较简陋。

母亲是一个很文静的人，她不怎么说话，但是她年轻时候很喜欢跳舞，年纪大的时候，她偶尔也会跳舞，就是跟一些老太太一起跳舞。母亲也非常喜欢唱歌，但是她很少唱，因为一直都在忙，也没有心思唱。

母亲热爱文艺，但她并不文弱，当我们家道中落的时候，母亲就一个人出来工作，独自撑起这个家！为了有好一点的收入，她那时每天坐船去上班，因为澳门跟内地就隔个小海湾，她白天到内地上班，晚上就坐船回来。那些日子，母亲过得很辛苦。母亲其实挺勇敢的，一个人为了全家的生计，独自跨海去内地打工！

爸爸中风之后，家里的经济都是由我母亲一个人支撑，她柔弱的双肩在那时挑起了全家人的希望。长年的奔波、高强度的工作，熬坏了母亲的身体，她的心脏也开始出现问题。

教育方面，母亲不太讲说教的话，她和爸爸是两种不同的风格。孩子做错了事情，爸爸是打骂，妈妈也打，但会轻很多，也会少很多！

母亲也有刚烈的一面。有一次，母亲在教我功课时，因为我老做错，她就发了脾气。奶奶听见了，就出来制止，说不能骂孩子。母亲听了，就很生气，说孩子不能太宠，我在教孩子，如果我教得不对，那你来教！母亲那一次很生气，还离家出走，但她只出走了一天，因为挂念家中的孩子，一天之后，就主动回来了！

这件事对我来说，影响也很大。原先我一直认为家里人应该和和气气，没想到最亲的人之间也会有冲突。

母亲温柔贤惠，像普通家庭妇女一样，有平凡的一面，但她也有浪漫的情怀，热爱艺术。而当家庭遇到困难时，她又能挺身而出，跨海去工作。她平时话不是很多，但是她心里藏着对这个家、对孩子们的爱！

孩子的一声"妈妈"，成了母亲一生的羁绊；孩子的笑容与泪水，左右着母亲的心情。

《道德经》中讲："有物混成，先天地生，寂兮寥兮，独立而不改，周行而不殆，可以为天地母。"老子在《道德经》中多次将"道"与"母亲"放到并列的位置，"道"拥有无穷的能量，母爱也有着无穷的力量！

如果说"道"是万物的本源，那么，母爱就是一切爱的本源！

为了让孩子过上无忧无虑的生活，母亲愿意放弃自己安逸的生活，去做男人做的工作，也愿意放弃令人羡慕的身材，去出卖苦力，她尝尽各种艰辛，吞下所有委屈，只为了身后的孩子与家庭能幸福。

母亲曾是大家庭中的富家小姐，她也曾十指不沾阳春水，也曾天真烂漫，也曾无忧无虑，也需要人来保护，但是，当她做了母亲，一声"妈妈"就让她变得无所不能，她似乎什么事都会做，身上有着无比强大的力量！

贝多芬说："我很幸运有爱我的母亲！"

生命是奇迹，母爱是神迹！

第8章

母爱无尽，愿以"无尽时光"相配

谁言寸草心，报得三春晖。

亚伯拉罕·林肯说："无论我现在怎么样，还是希望以后会怎么样，都应当归功于我天使一般的母亲。我记得母亲的那些祷告，它们一直伴随着我，而且已经陪伴了我一生。"

我的母亲，她的爱有时也很细腻，因为我的小妹妹年纪小，所以，母亲对她特别关爱，总是把她一刻不离地带在身边照顾。母亲一边忙家务，一边照顾小妹妹。

在她的身体里仿佛充满了无限的爱，不管怎样付出，那些爱永远不会枯竭！

我们家道中落之后，爸爸又中风，家里经济一塌糊涂，母亲不得不出去工作以支撑家里的生计，她的辛苦可想而知，她透支了精力，损害了自己的健康。

那个时候，妹妹们上中学，我读大学，家里的负担很重。那时候大环境也不好，因此，母亲独自一人为全家的生计打拼就更加艰辛！

母亲一辈子都在不断变换自己的角色。一开始她是大家闺秀，出嫁之后成为家庭主妇，后来，又参与到家族的创业中来，家道中落之后，又独自一个人像男人那样去打拼。她每一次角色的变换，都是因为爱，也都是为了爱，为了身后的孩子们与身后的家庭！

那时，单靠母亲一个人的薪水养不活一家人，所以，母亲向很多人借钱，但是亲戚朋友看到我们家道中落，没人愿意借钱给我们。想必那时的母亲是非常无助的，她尝尽了世间冷暖，也受尽了他人白眼，她的身心都沾染了无尽的风霜。

因为那段艰辛岁月的摧残，母亲的身体每况愈下。但我不知道，因为我一直在国外，没回去。母亲也不跟我说，她总是报喜不报忧。家里的真实情况都是我妹妹告诉我的。母亲就是怕我一个人在国外会担心，而且当时不容易沟通，越洋的长途电话很贵，我觉得我对母亲的关心与爱太少太少了！

我爸在 2002 年走了，其实，这对母亲来说是一种解脱。从 2003 年开始，母亲开始走出国门，到处玩，她也去美国游玩过。我的孩子是 2004 年在美国出生的，母亲那时也在美国待了几个月，帮我带孩子。那时，我看母亲的状况，并没有发现有什么问题，而且她 2003 年开始旅行之后，很爱运动，游泳之类的都不在话下，每天充满活力，我觉得她非常健康。

但是，后来我从妹妹那里得知母亲其实一直在吃药，她的心脏已经出现问题，而且，很严重。

当我再次回到澳门看见母亲时，母亲已经发不了声，躺在床上，很痛苦的样子。我看了，心如刀绞！她出不了声，看着我，很奇怪的眼神，有一点哀求的那种眼神。那时，我基本上知道她想讲什么，她自己经历过，她知道自己的身体状况，她的意思是恳求我们放她离去。但是，我们这些做儿女的怎么可能答应她，我们会努力到最后一秒钟，会抓住任何可能的希望，无论如何也要把她留住！因为有母亲在，家才在！

公立医院是不用付费的，后来，花费超出公立医院的预算，公立医院于是说他们没办法救了。但是，我们那时怎么可能听医院的，于是，我和妹妹就把母亲转到一家条件不错的私立医院继续治疗，只要有一线希望，我们都要极力抓住！

经历我们的努力，母亲终于被抢救了过来。当然，母亲现在的身体还不太好，但是比刚刚发病时好很多了。医生都说我母亲是积劳成疾，母亲现在讲不了话，吃饭也是插鼻管，灌流食。

我们请了三个帮工，一个是印尼来的，两个是越南来的，三个帮工24小时轮班照顾我母亲。家里的环境，也为母亲做了改造，以便母亲活动，让她能更快康复起来。经过悉心照顾，母亲现在可以久坐了，身体渐渐有所好转。每个礼拜，我们都要送母亲去医院做物理治疗，因为她不能动，医院里有人帮她做物理康复。

经历了这么多事，我现在的想法很简单，能做就做，能灿烂就灿烂，因为身体随时可能出问题，生命无常，所以，更要倍加珍惜。你不知道明天和意外哪个先来！

母亲对于孩子的爱大抵皆是如此，你的每一件小事都是她生命中的大事：天凉了，为你添衣；夜深了，为你盖被。就算是偶尔骂你，那骂中也带着爱意。母亲这样照顾自己的孩子，当她自己倒下的时候，我们心里会有一种危机感：树欲静而风不止，子欲养而亲不待！这种危机感，时刻煎熬着我们！

我多么希望时间能慢些，再慢些，拖住母亲衰老的脚步！多么希望生命的活力，重新注入母亲身体，生命之火，重新在母亲的身体里点燃！

母亲，生我养我；母亲，爱我疼我。母亲无怨无悔，只有付出，不求回报。无论什么时候，母亲都是最牵挂我们的人。她的爱，是我们永远也回报不完的！

要珍惜与母亲相处的时光，因为世事无常，没有那么多"来日方长"！多少人曾在心底向母亲许下诺言：以后好好陪伴母亲，功成名就衣锦还乡的那一天，好好在母亲身边尽孝。然而，岁月从不停留，珍惜母亲，就要珍惜眼前时光，抓住当下的空闲时光，多陪陪母亲，多跟她说说心里话，这样，将来才不会后悔。

第9章

想到母亲，就像抬头看见整个苍穹

母亲对于我，影响是潜移默化的。母亲是我的第一任老师，也是我最好的老师，母亲教会我很多知识，也塑造了我与人为善的温良品性。

正是因母亲的教育，在人生道路上，我过得很充实，也收获了很多。母亲教会我怎么去爱，让我有爱的能力，也有被爱的运气！母亲用她的爱，用她的言传身教和她那刚柔并济的性格，为我的生命描绘了绚丽的底色！

母亲对身边的人、事、物都很珍惜，这使我们对生活也倍加珍惜，使我拥有成熟的心性，在人生道路上不断成长，做人做事有格局，为人处世有气度！

母亲常说："你们要记住，你们是我们的债。父母对你的爱，你们不需要回报，你们要回报给下一代。"

母亲叫我们不要报恩，这话深深地在我的心里。这是爱的代代传递。你的孩子不是你的产业，有些父母，把孩子当成自己的产业，要控制孩子的人生，控制孩子跟谁结婚，控制孩子找什么样的工作，其实，孩子有孩子自己的人生。孩子，只是在 18 岁之前托管给父母！所以，要做旷达的父母，做明智的父母！

母亲是我生命中最重要的人。我的童年是幸福的，因为有母亲在，从小到大，我都觉得在这个家生活得很幸福、很安全，也很温暖。母亲把对我的所有威胁、矛盾全都隔绝掉了，我的父母，也许也有吵架的时候，但不会让我们这些孩子看到，怕影响到我们。

我是家中的长子，小时候天天和两个妹妹还有母亲相处。在家里，我大妹妹会欺负我，因为女生早熟，她长得比我快，比我高大，所以就会欺负我。我的童年是有一点孤独的，但是，母亲成为我生命中的阳光，塑造了我的性格，使我长大之后，有胸怀，也有能力广交天下良友！

有人说：孩子一旦生下来，父母就不能"退货"。因此，如何让孩子健康成长、把孩子培养成才，成为母亲最辛劳的一件事。

母亲是孩子第一任老师，孩子通过观察模仿会习得与母亲极为相同的生活习惯，而生活习惯都是要向学习习惯迁移的。好习惯是孩子终身享之不尽的财富，坏习惯则是孩子一辈子还不完的债务，难怪人们常说"播种好习惯、收获幸福人生"！

我热爱文艺、与人为善的性格和习惯，都是传承自母亲的好品性。

亲情可贵！轰轰烈烈干一番事业，实现自己的人生价值，固然是十分重要的！但是，抽时间，平平淡淡地陪孩子长大，陪父母老去，更值得推崇！

只要身体健康，干事业的机会总是有的，但陪伴亲人的时间会越来越少，有些时光一旦流逝，就再也找不回来了！时光无尽，属于亲情的时光却是有限的！

生命如歌，母爱如诗！光阴荏苒，母爱无穷！

母亲的身影是我整个成长期，乃至我的一生所有情景中不可或缺的最重要的一部分。在光阴故事的瑰丽风景以及四季交替的似水流年里，母亲给了我生命中最温暖的陪伴。

爱，是最神奇的语言，母亲教会孩子说话之前，已先教会他们什么是爱！

第二篇

岁月无声，亲情无价

第10章
心灵颜值更让人怦然心动

在这个"颜值"先入为主的时代，我们有多久没有关注"心灵颜值"？好看的皮囊千篇一律，有趣的灵魂万里挑一！

每个女人，都有自己独特的魅力！在"颜值即王道"的时代，我们习惯了用外界的眼光来定义自己的美丽，却极少关注"心灵颜值"。

每一个人都有自己的世界，一花一世界，一叶一菩提！光彩的外表不代表美丽的全部，我们都过度沉浸在自己的外在形象中而忽略了心灵的美好，将注意力集中在外界的评判中而忽略了活出自信的自己！

不要放下身段，过于讨好，美丽不止一种面貌，美可以是外表的美，也可以是内在的美，自信、和善、真诚、纯净都是美！

自信的女人，灵魂有香气！她们不会浪费心机和精神去"励志"给别人看，只求活得开心，活得健康，活得自在！她们也不会花太多时间去做讨好别人的事，却能够散发源自"心灵颜值"的独特的魅力！

我的大妹妹，她不是"丑小鸭变白天鹅"，她本身就是白天鹅！在人群中，她不是最美的，却是很多人心中的"白月光"，在她平凡的外表下，有着一颗有趣的灵魂！

我和大妹妹，仅相差一岁半，几乎是同龄人。小时候，她长得比我高大，还常常欺负我。

作为哥哥，应该保护妹妹，但幼儿园发生的一件事，改变了大妹妹对我的看法，这件事过去这么多年，我还印象深刻。

有一天，大妹妹哭着跑来跟我说："在校园里，有人欺负我，一个大男孩捏我的手臂，把我捏得很痛！"大妹妹跑来跟我说这件事，当然是想请我出面主持正义，去教训一下那个欺负她的大男孩。我就跟着大妹妹，找到那个大男孩，我很生气地对他说："你为什么欺负我妹妹？"那个大男孩听了我的话，一点都不害怕，也没有愧疚的表情，反而盛气凌人地走上前来，捏住我的手臂，把我捏得很痛！我那时和大妹妹是差不多的年纪，被捏痛之后，也哇的一声哭起来！这样一来，大妹妹也跟着哭，我们两个本来是找别人算账的，结果都不争气地在那里大哭！现在想想，是蛮有趣的一件事，但是，因为这件事，我作为哥哥的形象就此全毁了！

后来，我们就一起去教务处告发那个男孩，借助学校的力量才把这件事解决好。

因为这件事，我可能在大妹妹心中形成一个印象："这个哥哥没用！"所以，整个童年，我在大妹妹心中，都没有威信，大妹妹不但不怕我，还时不时欺负我！

我的大妹妹长大后，成为出色的钢琴老师，她和小妹妹两个人一起开了一家琴行，这家琴行在澳门还是相当有名气的！所以，大妹妹和小妹妹也算是做着她们热爱的事业，把爱好与事业合二为一，这也是一种幸福！

我爸中风之后，大妹妹也要去帮妈妈赚钱，所以，她就出去帮人补习。除了帮人补习数学之外，她还教人弹钢琴，因为她在家里本身就已经深入系统地学过钢琴，所以，她的钢琴技艺在那时已经达到很高的水平！之后，大妹妹还考了教师证，一所中学聘她做了音乐老师。大妹妹做了很久的音乐老师，音乐是她的兴趣所在，教课也是她擅长的事，所以，她做得很出色！之后，为了拓展事业，大妹妹就一边开琴行，一边教钢琴课！开琴行之后，又把小妹妹也吸纳进来，两姐妹就一起打拼事业！

大妹妹是一个社交达人，是那种天生就非常有人缘、非常擅长社交的人。她跟家里人讲话是一种状态，接到外面人的电话时，就立刻变成另一种状态。大妹妹就是有这样一种本事，上一秒钟跟人吵架，下一秒钟就可以变得很温柔！但是，这种转换不是刻意的，是非常自然的流露！我想，大妹妹天性就是如此！她对人真诚，几乎所有人都喜欢她！所以，大妹妹就是天生的社交达人！

大妹妹其实是一个非常善良的人，她会给别人买礼物，她对上了年纪的人会非常关爱，对学生、学生家长会非常友善，当然，在教学的时候，她有时又会变得很凶，因为她内心是极想让学生学到更多东西的！她的温柔源于内心的善良，她偶尔的凶，也是源于内心的善良！

我记得，大妹妹十几岁的时候，有一次，爸爸带她去香港。一些陌生人，看她一眼，就喜欢她，就跟她攀谈。也就是说，不管是谁，几分钟之内，大妹妹就可以跟人家无碍沟通，海阔天空地聊，聊得热络！这是她的天赋，也是她的天性！

大妹妹在小学五年级的时候，已经有很多男生追她，她不是最漂亮的，但她却成了"万人迷"，因为她的个性太迷人了，她内在的"心灵颜值"太有魅力了！

大妹妹整天收到一大堆礼物，我就问她："你收到那么多礼物，你喜欢哪个男生啊？"她说："礼物是人家的好意，至于喜欢谁，不喜欢谁，时间还太早了吧？"

大妹妹这个人就是非常厉害，非常有能量，她本身也是个小太阳，会无形中吸引很多身边的人围绕着她，感受她的热情，感受她的魅力。我想，大妹妹的魅力，不是表面的美丽，而是"心灵颜值"！

大妹妹天真烂漫，从小到大都有一大爱好，那就是吃！小的时候，她爬到熨斗前，以为那是吃的东西，结果嘴被烫到。吃，是她人生中的一大乐趣，所以从小到大，她都是胖胖的，很可爱，很有亲和力！

大妹妹有过三段婚姻，第三任老公是第一段婚姻之前就认识的一个男生，那个男生一直等着大妹妹，即便大妹妹已经结婚了，他还在等她。他苦苦地等待，熬过了大妹妹的两段婚姻，最终，在第三段婚姻时，与大妹妹走到一起。大妹妹就是有这样的魅力，我想，这种魅力绝对不是表面的颜值，而是内在的"心灵的颜值"！

拥有美丽的容颜是天生的优势，也是别人羡慕不来的。不得不承认，漂亮的颜值让人赏心悦目，都说"始于颜值、陷于才华、忠于人品"，可见，外在美是由内在美来支撑的，美丽的外表有看厌的时候，而有趣的灵魂人人喜欢！

美貌不能伴随我们一辈子，可爱的个性与善良的天性却能使人终身受益！

第11章
做一个点亮星空的人

积极地生活，并不一定是拼尽全力，分秒必争，张口梦想，闭口未来！积极地生活是一种持续的状态，是一种不管有没有天赋，不管环境如何变化，始终向前走、始终向上发展的状态。我的大妹妹，她的人生就是这样一种状态，她积极地生活，生命有温度，生活有热情，无意中温暖了很多人！她自己并不是出色的钢琴家，却培养出多位世界级的钢琴家！

我们也许做不了太阳，但是，我们可以做那个点亮星空的人！

积极生活，并不一定要经历大风大浪，有时候欣赏一首交响曲、养一缸鱼、认真地烹饪一顿美食，都是一种积极生活的状态！

积极生活，源于对人生的热爱，源于对世界上一切美好事物的渴望！

有时，我们坐在路边看着人来人往，想一想未来，关心一下世界，关爱一下身边的人，只要是那些能够让我们感到充实和满足的事情，就都是生活中积极的元素。

大妹妹，并不是全身都是优点的人，她也有自己的小毛病，但她那种积极生活的状态，使她成了能够点亮星空

45

的人！

小时候，大妹妹有时会说谎，因此从小到大，我的父母都非常不信任她。大妹妹似乎把说谎当成一种乐趣，她喜欢编造故事。反正她说的事情，肯定是她捏造的，捏造的目的就是掩饰她可能跟人出去玩，或者别的什么事情。我们家的家教非常严，所以，很多事情是不敢跟大人说的，也许这也是大妹妹喜欢说谎的原因。比如，她如果晚一点回家，她就会想出很多借口，避免自己被骂。

大妹妹很会社交，有她自己的魅力，虽然她长相不算特别出众，但真的很可爱，胖嘟嘟的。很多人问我，女生怎么可以吸引男生，我说我很确定的是，只要你能够做到像我大妹妹那样，会撒娇，你也可以成为"万人迷"！有趣的灵魂胜过美丽的外表！

小时候，我们小孩子玩过家家，大妹妹总是扮演我的姐姐，我反倒成了她的"小熊弟弟"！反正，小时候，我俩的角色反转了，她成了姐姐，我成了弟弟，她有时还欺负我。

长大之后，我和大妹妹的交集就没有那么多了，我们性格差异很大，就各自玩各自的。

小时候，大妹妹本来不想学钢琴的，她想学芭蕾舞，后来不知道为什么，妈妈不让她学芭蕾舞，要让她学钢琴，这样，她才学了钢琴。学了一段时间之后，她就爱上弹钢琴了，音乐就成了她一辈子的事业。

任何一件事情，可能你并不一定有很高天赋，但是，你可以通过时间的积累，让它成为你的一项出色的技能，并且你可以把这项技能发展成自己的事业。我的大妹妹就是这样，她在钢琴方面没有很高的天赋，但因为她坚持去做，每天都在进步，最终成为很优秀的钢琴老师！

大妹妹就是这样，一刻不停地学习、精进，她遇到过很多好老师，她自己也在教学生，在这个过程中，她不断吸收，吸收，再吸收，不断把学到的东西内化成自己的能力，不断精进，不断向上发展，不断增进自己的钢琴技艺。

大妹妹开琴行，所有事情都是由小妹妹操办，她们俩形成优势互补。所以，从这一点来说，大妹妹也特别会用人，她懂得借助别人的优势来弥补自己的不足，这也是她成功的关键！

生命中的很多价值都由积极生活创造。积极的生活态度让我们坚持该坚持的，放弃该放弃的！

当我们不知如何选择的时候，积极的生活态度总能让我们选择那些能让我们的生命发出光来的正能量的东西！

人在周而复始忙碌的生活中，常常会忘了自己。而当光阴飞逝、再回首岁月时，我们是否实现了当时的梦想？

只要积极生活，我们的人生将永远没有后悔的时刻！

从今天开始，做一个发光的天体，去点亮整个星空吧！

第 12 章
梦想不动摇，未来就更确定

哈佛有一条校训："你给自己什么样的定位，决定了你一生成就的大小。志在顶峰的人不会落在平地，甘心做奴隶的人永远也不会成为主人。"

在学校里，老师常常会对我们耳提面命："一分耕耘一分收获""付出总有回报"。

但是，命运总是诡谲的，长大后才发现：有人住高楼，有人在深渊；有人光万丈，有人一身锈。人与人的区别在于，有的人在困境中坚持梦想，而有的人在命运面前缴械投降！

多少人早已将梦想抛在脑后，但是，梦想才是我们的"力量源泉"，越是艰难，我们越要抱紧这个"力量源泉"。

我们家，家道中落之后，其实大妹妹和小妹妹她们，尤其大妹妹这边过得很辛苦。因为父亲中风，他的医药费花销很大，花光了家里的钱。大妹妹尝试申请去加拿大读书，签证办不下来。所以，大妹妹就留在澳门读大学。后来，大妹妹又去内地学钢琴，继续深造。

我想，那时大妹妹应该是一边读书，一边通过教钢琴赚钱。那时，大妹妹赚的钱可能比我妈赚的钱还要多，因为那时候学钢琴的人非常多。看到妈妈那么辛苦出去工作，大妹妹主动要求打工赚钱帮助家里。当然，大妹妹赚了钱，一方面可以帮助家里，另一方面也可以帮助她自己，她终于有钱去内地深造了！让自己的钢琴技艺不断精进，一直以来都是大妹妹的一个梦想，所以，大妹妹即便在最艰苦的岁月里，也不曾放弃自己的梦想！

我觉得，大妹妹的经历，对很多年轻人也有一定的启发。不管你遇到什么事情，即使很艰难，或者很绝望，你都不应该放弃自己的梦想，办法总是比困难多。如果你有长远的打算，你就会想方设法解决眼前的困难。如果你遇到困难就退缩，就感觉人生到此为止，那么这种失败就不是命运给你的，是你自己给自己预设的。坚持还是放弃，结果天壤之别！

大妹妹是天生的乐天派，也是一个勤奋努力的人，虽然她的人生不断遇到困难，但是，她会给自己做规划，在困难的处境下，她始终坚持初心，坚持梦想，没有放弃！她的心中有梦想，有对未来的向往，还有对自己身后家庭的责任，所以，大妹妹才会那么坚定，不顾一切困难，勇敢地走在追梦的路上！

大妹妹一生的事业都与音乐有关。她女儿也被她培养成一名音乐家，现在是管弦乐团的主席！她女儿一出生，就在音乐世界熏陶，由于一直接受音乐教育，她女儿不会再看另外一条路，音乐的梦想就这样代代传承。

大妹妹是一个懂得融合与平衡的人，她可以平衡自己与家人，平衡梦想与谋生，平衡艺术与商业，很难的事，到她那里就瞬间变得简单了！大妹妹总是会在千万条路中，找到那条通往成功与美好的路，即便这条路再难走，她也会义无反顾坚定地走下去!

梦想，会让每个平凡的人变得卓越，就像星辰，会让每个夜晚变得浪漫!

人生不如意，十之八九，我们唯有常想一二，不念八九，坚定信念，振奋精神，锁定目标，矢志不渝，才能一直走在追梦的路上，直到实现自己的梦想!

第13章

宠而不骄，才能经得起风雨

宠而不骄，一时有不等于一世有！

小妹妹在家族兴盛时受尽宠爱，在我们家道中落之后，一样也要经历风雨，但是，她不是一个恃宠而骄的人，她的身上没有一丝娇气，更多的是来自骨子里的坚韧与勤奋！

我与小妹妹的交集并不太多，因为她 10 岁的时候，我就已经出国留学了，而且，我们的年龄差距较大，所以，在一起交流的机会并没有那么多。我只记得，小的时候，我时常欺负我这个小妹妹，我们是在打打闹闹中长大的。

大妹妹就总是欺负我，她那时比我高大，我没办法还手，而且她的嘴也太厉害，我也没办法反驳，于是我就把情绪宣泄到小妹妹身上。我对小妹妹并不是真的欺负，但现在想想，对小妹妹还是心怀愧疚。

童年，越是打闹，越是亲密，虽然我欺负小妹妹，但是，小妹妹反而很喜欢黏着我，有时，我就带着她一起玩。我时常把她惹哭，但是，她不记仇，天天都找我玩。因为我和小妹妹有好几岁的年龄差距，所以，从她的角度看，我就是她名副其实的大哥哥，而从大妹妹的角度看，我要么是她的小弟弟，要么就是没有用的哥哥。因此，两个妹妹对我有两种不同的观感！

51

小妹妹从小到大受尽各种宠爱，家里人对小妹妹打不舍得，骂也不舍得。而且，小妹妹小时候长得特别漂亮，特别可爱，唱歌动听，又爱逗人开心，因此大家都喜欢她，送她各种各样的玩具。

　　小妹妹是小学一年级开始学钢琴的，她开始学的时候，我和大妹妹的钢琴课程已经差不多要结束了。小妹妹学钢琴很用功，一直坚持学。后来，我们家道中落，小妹妹的钢琴弹得就没那么勤了。

　　小妹妹中学的时候，我们的家境已经很糟糕，小妹妹在校园常常晕倒，原因就是营养不良。直到她读完高中的时候，我们的家庭状况才好转很多。因为条件改善了，小妹妹于是可以上本地的大学，她选择了旅游专业，因为澳门的旅游产业发展得很好，读旅游专业会比较有前景。小妹妹读完大学，就在酒店行业工作，又在澳门电讯做过 4 年。小妹妹有比较丰富的职场经历，后来我大妹妹创业开设琴行时，就带着小妹妹一起创业。

　　所以，转了一大圈，小妹妹又回到了她喜欢的钢琴领域！

　　小妹妹做事情有板有眼，什么事情都抢着做，积极主动，在酒店行业工作的时候，她学了很多东西，比如行政管理、销售等等。所以，小妹妹的执行力很强，正好与大妹妹互补，于是很快就把琴行的生意做得很大！

　　《醒世恒言》中说："人有逆天之时，天无绝人之路。"

　　人生之路向来崎岖，不可能永远顺风顺水，也不可能永远暗淡无光，命运总是起起伏伏，经受得起最坏的，才值得拥有最好的！

无论何时，把失望抛在身后，把希望放在前方，不停地往前走，就可以看到"破晓时光"。

小妹妹有一种从容的气度，顺境时不得意，逆境时不害怕，身上有一股"静"气，这种"静"气是在做事过程中磨炼出来的。

梦想本来很远，但是，因为小妹妹超强的执行力与"定力"，让梦想近在咫尺！

第14章

做他人的公主，不如做自己的女王

虽然是家里的小公主，但小妹妹却深知要以自己的努力获得想要的生活。小妹妹总是积极地生活，不断强大自己，用心经营婚姻和家庭，努力实现自我。

小妹妹跟着大妹妹经营琴行，有了施展自己才华的机会。大妹妹也不得不承认，如果没有小妹妹帮忙，她的琴行不可能经营得那么好。小妹妹超强的执行力、细致入微的管理方法帮助大妹妹解决了很多问题。

从2003年开始到如今，大妹妹和小妹妹经营琴行已经20年了，琴行从名不见经传，到现在成为澳门最有名的琴行，这当中的功劳，很大一部分是属于小妹妹的。在琴行经营上，小妹妹倾注了大量心血！

小妹妹身上有很多闪光点，而且人长得漂亮，心性又是那么可爱，所以，她嫁进一个比较有钱的家族，现在生活过得也比较幸福。爱情与事业双丰收，这是小妹妹一点一点努力换来的！

现在，小妹妹的生活挺好的，除了琴行的工作之外，就是半退休状态，一年去三次日本、去滑雪等等，生活得颇为自在。小妹妹天性活泼，为人也比较乐观，所以她非常健康快乐。现在，她也过了50岁了，但还像年轻小姑娘一样健康、快乐！

小妹妹也有自己的遗憾，那就是没有孩子，她没有尝到做妈妈的滋味。几次怀上，结果都没了，这对小妹妹来说也是一种心理打击。但她并没有因此消沉，还是那么乐天知命！

小妹妹不能生小孩，但她婆家并不介意，因为她老公是家族里最小的儿子，家族里已经有很多孩子了，所以，大家都能理解。

小时候，有时我觉得小妹妹挺傻，但她聪明起来的时候，又能让所有人目瞪口呆！她的潜力有时是惊人的！

大人教我们学印尼童谣，她唱得最好、口音最标准，但是，在所有的孩子当中，她是唯一一个不在印尼出生的。这一点说明，她真的是很有灵气，也很有天赋！

小妹妹就是我们家的"宝"，集全家人的宠爱于一身，而她自己的天赋、品格、心性又是极佳的，配得起任何的宠爱！

因为我很早就出国留学了，所以陪伴小妹妹的时间并不长，我没有亲眼看着小妹妹成长。我跟大妹妹关系好，可以深入探讨各种事情，而和小妹妹就不行。我和小妹妹的交流主要是家庭事务方面的，比如应该什么时候交钱，妈妈调理要多少钱，妈妈情况怎么样、需要怎样的照顾，家里最近情况怎么样，经济条件怎么样，等等，我和小妹妹都是聊一些家庭琐事，在心灵与人生方面则聊得不多。

小妹妹是家里的小公主，但也吃过不少苦。小妹妹一直在努力成长，她的人生始终在往上走！

作家王小波说过："我承认男人和女人很不同，但这种差异并不意味着别的：既不意味着某个性别的人比另一种性别的人优越，也不意味着某种性别的人比另一种性别的人高明。一个女孩子来到人世间，应该像男孩子一样，有权利寻求她所要的一切。假如她所得到的正是她所要的，那就是最好的。"

女人有做公主的权利，同样，也有当女王的权利！

为什么一定要做一个等着别人宠爱的公主呢？做自己的女王有什么不可以？若你把自己当作女王，你就会努力地变成更优秀的自己。小妹妹就是这样一个非常独立的人，当她脱离家里的宠爱，在外面经受风风雨雨的时候，她没有喊过累，没有喊过苦，而是积极生活，努力成长，磨砺自己，从一个柔弱的人，变成拥有一颗强大内心的成熟的创业者。她凭着坚强和勇敢为自己的人生赢得喝彩！

做他人的公主，不如做自己的女王，公主只能做一时，女王却能闪耀一世！

第15章
人心齐，让爱成为家的主旋律

同心同德对于一个家庭来说，实在是太重要了！历来，成就大事业的基本条件就是团结，成就一个家庭的根本条件就是齐心！

一个家庭要有高度的凝聚力，才能避免成为一盘散沙。

小妹妹做事踏实、专一，而且专业，她身上总是有一股虔诚的劲。她结婚之后，处理的事情也多起来，因为还有老公家里的事业，所以，小妹妹一直以来都非常忙碌！

此外，小妹妹还要照顾妈妈，以及兼顾家里的其他事务，所以，在家里，小妹妹就是"总指挥"！

小妹妹负责安排工人每天要做的工作，负责开车送妈妈去做物理治疗，仿佛一切的事都离不开小妹妹。

小妹妹执行能力很强，统筹规划能力也很强，能把一切事情安排得妥妥当当！

在我们兄妹之间，竞争也好，团结也好，都要相亲相爱，只有相亲相爱，才能把家经营好，才能让自己最亲的人获得幸福。不管是困境，还是顺境，只有我们团结起来，我们这个家才会变得有力量，才能经得起风风雨雨！

人心齐，泰山移！只要我们全家人齐心，任何困难都不怕，一切就会越来越好！

家庭和睦是幸福生活的基础，家庭成员要各尽其责、互相尊重，以平常心对待彼此。

家和万事兴！和谐家庭会使家庭成员的情感和物质得到满足，同时也让家庭成员更有安全感和幸福感。

对于一个家庭来说，重要的事情要大家一起商量、一起决策、一起实施，也要一起分享快乐与分担忧愁。

第16章
活出真实的自己就是成功

先让身心独立，再让灵魂自由，活出真实的自己就是成功！

实际上，女人真正该拥有的，应是谋生的能力与自由的灵魂。判断一个女人是否独立，经济独立是主导，灵魂自由是根本，观念独到是关键。姑姑一辈子都坚持靠自己，从来不依靠任何人，她拥有一颗"自由独立的灵魂"！

我的原生家庭是一个大家族，每个人都有故事！

爷爷有好几个兄弟姊妹，爷爷是家里的大儿子，肩负着整个家族的命运。

爷爷有四个孩子，本来有五个，有一个夭折了，那个年代有"多子多福"的观念，所以，家家户户都生养得挺多的。

爸爸是最小的一个，排行第四，上面有两个哥哥一个姐姐，即我有两个伯父一个姑姑。我姑姑跟我们家的关系非常好，她在还没有嫁人的时候，曾经跟我们住过一段时间，所以，我们的关系就更加亲密了！

姑姑是一个很强势的人，她非常独立，可以说是一个奇女子！她是一个特别优秀的人，方方面面都领先别人。

我小学的时候，突然有一天听说姑姑不见了，原来她自己直接从澳门去了香港。我爷爷知道后，很生气，但是人已经跑了，一时之间也没有办法。

姑姑觉得澳门没有发展，她要去香港闯天下。后来，她为了拿到香港身份，就和一个香港男人假结婚，不到一年就跟那个男人离婚了。

姑姑和一个朋友要好，因为朋友嫁到台湾，她也跟着去，跑到台湾帮人看孩子。姑姑是一个重情重义的人，她无论到哪都能活得很好，到哪都能赚到一些钱，所以，她的这种性格也影响了我跟我妹妹。

姑姑的命运多舛，她过世快20年了。姑姑老年时认了一个在深圳做按摩师的人为干女儿，出资帮她开了一家美容店，有一天我们接到这个干女儿的电话，说姑姑出事了，等我们赶到，姑姑遗体已经被火化。姑姑死后，那个干女儿就自然把那家店给吞掉了。

这件事情，我挺难过的，一个那么有活力的女子，那么重情义的女子，居然到头来是这样的结果！姑姑为什么宁可认养一个不认识的人做干女儿，也不回澳门呢？我想，可能因为她是一个独立惯了的人，不想依靠别人。我们家在分家产时，姑姑也没有回来争，她一直是独立的，只靠她自己！

女人的安全感并不来源于男人的不离不弃，而是来源于"自己买花戴"的底气！自己需要的东西，自己去争取，自己想走的路，自己鼓足勇气去走。女人的底气，来源于自我的独立，来源于灵魂的自由，独立的女人，未必人见人爱，但是，一定会受到大家的尊重！

女人独立最根本的是有自己的事业，能够自己养活自己。所以，姑姑一辈子都在四处谋生，她要独立打拼出一番属于自己的事业，这样，才能让自己"自由的灵魂"获得发展的空间。

独立的女人，不应该追随男人的脚步，不能盲目地听从别人或追随别人，因为独立思考的能力比什么都重要，自己决定自己的未来，而不是把主导权让给别人。

女人的面容会随岁月衰老，但自由的灵魂则会因为时间的沉淀而熠熠生辉！

第17章
每一次选择都在改变命运

命运由自己决定，生活由自己选择！

没有人可以真正做到未卜先知，但是种善因得善果，种恶因得恶果，你在做出选择的时候，就已经决定了你未来的命运。

实际上，一个选择到底是对是错，可以由最后的结果来定性，也可以由人的本心来定性。

我的二伯父从小到大很喜欢唱歌，所以，他回到内地之后，就去了文化气息很浓郁的西安。二伯父在西安的合唱团当歌唱家。那是一个非常专业的合唱团。二伯父在团里负责唱高音，他的嗓音条件虽然不好，但因为对唱歌的热爱，也让他的事业有了一定发展。在团里，二伯父认识了他的妻子，她是一个西安人，长得非常漂亮。他们那时非常相爱，结婚后，生了两个孩子。20世纪80年代的时候，二伯父申请到了香港定居。

我的二伯父脾气非常火暴，我经常听说二伯父家暴我的二伯母。也就是说，他们尽管相爱，但过得并不是十分幸福。我的堂弟也告诉我，他的父母常常吵架。

二伯父跟我家的关系并不是很好，二伯父与我爸爸每次见面都要吵架。我的二伯父个性很强，听我爸说，二伯父妒忌他。我爸天生好歌喉，二伯父的歌喉没有那么好，但他又热爱唱歌，因此很在意这些天生的条件。二伯父嫉妒我爸，还因为爷爷最宠我爸，一碗水没有端平，他觉得不公，于是处处与我爸作对，时常跟我爸吵架。

二伯父可以说是一个负面教材，看到他的时候，我就觉得人不能像他这个样子，因为二伯父打老婆，就算他身上有一些优点，也难以掩饰这一个致命伤。而且，由于经常家暴二伯母，大家对他的评价很低。

其实，二伯父后来也得到了报应。二伯父60岁的时候，二伯母跟他离婚，在他最需要照顾的时候，二伯母离开了他。那个时候，他聋了，听不见，就回去西安养病，没有人管他，没几年，二伯父就病死了。二伯父的晚年，可以说是众叛亲离。

二伯父和我们家关系不太好，但大伯父则跟我们家关系比较亲密。1973年我们去北京，就是住在大伯父家。大伯父是中学教师，随和、宽容，对人比较体贴。

尽管大伯父人挺好，但他的孩子却非常不尊敬甚至讨厌他。因为他近亲结婚，他和我爷爷妹妹的女儿，也就是我姑婆的女儿结婚。结果大女儿有先天的糖尿病，很早就走了。因此他的大女儿特别讨厌她父母，她说就是他们近亲结婚，搞得她一出生就要受尽病痛之苦！

大伯父的大女儿在40岁的时候猝死，就是睡觉的时候在梦中去世了。大伯父的另一个女儿比较幸运，没有天生的疾病。所以，在大家族中，或是家庭生活中，一个人的选择，也许无形中决定了另一个人的命运。

但是，更多时候，命运是控制在自己手中的，自己的选择决定了自己的命运！想要什么样的未来，就相应做出什么样的选择！想要美好的未来，就做出善良的选择，想要明朗的未来，就做出明智的选择。想要什么样的命运，自己选择。

飞鸟选择了天空，不是天空选择了飞鸟，所以，是人选择了命运，不是命运选择了人。无论人做出什么样的选择，都源于他们自己的心。

人生道路上，会面临多种选择，前方会出现很多条路，我们以自己纯净的本心做指引才不会轻易迷失。面对舒服、放任、伤害别人的路，我们要选择摒弃，面对艰难、痛苦、成就别人的路，我们要坚持本心，义无反顾地走下去。

人宁可苦自己，也要利他，因为只有利他，才能最终利己！只有种善因，才能得善果！

第18章

亲情无价！因为情，所以亲！

亲戚亲戚，越走越亲！对于我们这样一个大家族来说，尤其是这样！

亲戚关系是与生俱来的血缘关系，但情感的维系，却需要常走动、常沟通，才不会有嫌隙。

有些人认为，亲戚关系本来就是存在的，有事，对方理所当然会帮忙。但实际上，如果家族里的成员没有经常相聚，也会渐渐变得陌生。

对于我们这样一个大家族来说，爷爷并没有规定一家人隔一段时间要相聚一次。因为那时内地和澳门之间来去并不方便。不过，大家心里还是希望一大家人可以时常聚一聚。之后，亲戚们都搬到澳门、香港时，大家便有了一年一聚的机会。

在我们这个大家族里，有很多兄弟姐妹。我这一辈的兄弟姐妹如果有机会也会在一块玩。我们跟大伯父的两个女儿比较亲，因为我们曾经在北京一起住过一个月。后来，他们来澳门的时候，交集也渐渐多了起来。

我在北京时，跟二伯父的两个孩子，即两个堂弟，走得比较近一点。因为那段时间我在北京工作，他们也在北京工作，大家时常一起吃饭，一起聊天，渐渐地就更加熟

65

识起来，越走越近。亲戚，其实都是越走越亲，不走动的话，就会慢慢疏远。

而我的妹妹，则跟大伯父的两个女儿比较亲，因为他们都在澳门，所以比较有机会见面。那时，大伯父已经搬到澳门，大家走动起来就比较方便。

后来，我们家道中落，回过头来看，我觉得是环境造成的，因为我们家族的人居住在各地，环境不一样，所以各自的观念与想法也不一样，于是就会有分歧与矛盾。

我爷爷肯定是想家庭和谐，但是每个人都有每个人的想法，很难做到意见一致。大家族要兴旺，家族成员之间要达成共识，才能形成家族的凝聚力！

亲戚之间，就算住在不同的地方，也要常常相互看望。常走动才会少些生涩，多些亲切。

在这个世界，不管我们取得多大的成就，回头看看，都会觉得亲情是无价的！

第三篇
最初的梦想，扬帆起航

第19章
开始是梦想家，后来是追梦人

每一个平凡的梦想，都有缔造奇迹的力量！

如果说梦想是一种渴望，那么，这种渴望来自生命对于美好事物的向往！它在我们很小的时候，就像一颗种子一样，深深种在我们内心了！

人生中最初的怦然心动，就是我人生中最初的梦想。

搬到澳门的第二年，我4岁，正好上幼儿园。我记得上幼儿园的第一天，我跟家里人说再见，那时，我的妹妹还非常小，在地板上爬呀爬，我也跟她说再见，但是，她听不懂，只顾自己在地上爬呀爬，把玩那些玩具。人生有很多第一次，上幼儿园是我第一次独自出去面对这个世界。

到学校，好多小朋友哭哭啼啼，我只感觉他们很好笑！上幼儿园，我没有像别的小朋友那样哭，不是因为坚强，而是心里有一种期待，是对新鲜事物有一种与生俱来的好奇。

我上的是一家私立幼儿园，教学质量挺不错，课程也非常丰富。当时，幼儿园为了庆祝圣诞，要组织一个乐团，我踊跃报名，结果，没有选上，只能坐在一旁鼓掌。我看到乐团里指挥的小朋友拿着一根指挥棒，指挥着那么多人，好神气！我当时特别羡慕他，也第一次心生嫉妒。我坐在一旁，看着乐团里的小朋友摇着三角铃，敲着鼓，叮叮当当的，想象着自己变成了乐团的总指挥，挥动手中的指挥棒，指挥着小朋友们演奏。我第一次感受到音乐的巨大魔力，它能让一个 4 岁的小朋友在心中种下梦想。

音乐世界的大门一开，里面彩虹般绚烂的色彩就投射出来，耀眼夺目！

我那时就天天想这件事，想了那么多年，一直都会记得，经常在我的脑海里面，挥之不去！音乐让我怦然心动，乐团指挥的位置让我心向往之，人生最初的梦想让我念念不忘！

因为有这样的"最初的梦想"，所以，后来我在大学时就副修音乐，一直坚持学音乐，作曲、美声、钢琴，什么都学，直到大学第四年才可以学指挥，终于如愿以偿。我毕业后在不同的教会歌咏团当了 20 年的指挥！

一件事，可以做这么久，不仅因为爱好，更是因为这件事已经成为我生命的一部分！

人都说三岁定终身，小时候对音乐的怦然心动，在心里种下了一个梦想的种子，长大之后就一直把它当作要努力实现的一个目标。梦想成真是因为初心不改及一直以来的坚持。

对音乐怦然心动，是刹那之间发生的事，而我却用几十年的时光去追求这个梦想！

我不仅爱好音乐，也热爱舞蹈，当我舞蹈比赛拿了第一名时，那一刻的感觉，我不陌生！因为在准备比赛的过程中，我就把拿冠军的场景想象了无数遍。所以，人追求卓越的动力，很大程度来源于内心的"心理暗示"。如果要征服大海，伐木造船当然重要，但更重要的是培养对大海的渴望！知识是无涯的，艺术是无限的，我内心的渴望驱动着我不断去追求！曾经的梦想家，终于变成孜孜不倦的追梦人！

没有人能随随便便成功，也没有一个梦想会轻易实现，一切都源于坚持、努力与痴心不改！脚踏实地，一步一个脚印，才能仰望星空。

每当夜幕降临，华灯初上，浩瀚繁星之下，我时常回顾自己的人生路，一个又一个梦想，指引着我前行。每一个梦想，都通过时间给我答案！让我知道，我的奋斗，我的疲惫，我的深情，一切的一切都没有被岁月辜负！念念不忘，必有回响！

第 20 章
宁可承受成长的痛，不愿承受后悔的痛

　　成长，总是伴随着一些痛苦，改变自己才能成长，而改变自己有时是有一点痛苦的！

　　一个人宁可去经受成长的痛，也不要去承受日后后悔的痛，因为成长的痛带来的是最终的成功与最终的幸福！经过暂时的痛苦，才能最终实现自己的梦想，到达自己想要的未来！

　　在幼儿园的时候，乖的小朋友可以拿到小白兔。就是说在幼儿园，你如果表现出色，或是很乖，幼儿园老师会给你的"盖章手册"上盖一个小白兔的章，以示表彰和鼓励之意。那些章，分成三个级别：一只小白兔，是最高等级；一朵小花，就代表 OK 的意思；还有小黑猪，小黑猪是最差的级别。如果在幼儿园里，脏脏的，流鼻涕、流口水，墨水弄得到处是，就可能会被盖小黑猪的章。幼儿园的这个创意非常好，这样，所有的小朋友为了能盖到小白兔的章，都会更加努力！

　　让我不开心的事情是，第一年，我一个小白兔的章都没拿到，我有一点沮丧，心中也有不甘。第二年我特别努力，终于拿到了小白兔的章，心里特别开心！

　　学校其实就是个社会，好好表现，才会赢得关注，才

会赢得赞美！我逐渐懂得，人应该懂得上进，每一天都有进步，哪怕每天只是进步一点点，那也是具有非凡意义的！稍微努力一下也可以收获一定的结果，进一寸就有一寸的欢喜。

小学一年级时，坐我旁边的一个女孩，长得美丽又可爱，我第一次有了心动的感觉。但遗憾的是，一个学期之后，她就不见了，听说转到别的学校去读了。其实，这件事，我的内心一直挺遗憾的，就像歌里唱的那样：有些人，一旦错过，就不见了！

我小时候也许有"多动症"，身上似乎有释放不完的活力，特别好动！我在家里学翻跟斗，用劲过大，一不小心就从高高的上铺摔了下来，把胳膊摔断了！结果疗伤了一个月。可以说，儿时的时光，快乐当中夹杂着一些烦恼！

我小时候第一次作弊的经历也是痛苦的！不知道哪里来的好胜心，在一次英文考试中，我为了追求满分，因为忘了一道题的答案，竟偷看旁边同学的答案，结果，被当时的监考老师发现了。这件事情很严重，当时，我就被记了一个大过。那一天我哭了，学校让我找家长过来，我就请我妈妈到学校。当时，我的心里既愧疚又恐惧，本来这样的考试，错一题就错一题，后果没那么严重。我怕作弊让妈妈和老师对我失望，我很愧疚也很恐惧，怕被赶出校园。所以，我那时就认识到成绩、分数什么的，其实是其次，做人行得正、品格好是第一位的！

我觉得，现在社会对孩子主张不体罚、不严格要求，并不一定是好事，因为现在所谓的不体罚、不严惩，是一种包庇、一种纵容，是取消了孩子成长的机会和获得生存能力的机会。其实，从我的成长经历来说，严格要求才能更快速地成长！成长不可能全是快乐，肯定需要一点痛苦！

小错误要严格要求才能扼杀在摇篮里，让自己快速成长！

如果生活中没有人逼你成长，请自己逼自己成长，成长总是带着一点点痛苦，但它的收益率也是最高的！

成长的痛苦，远比后悔的痛苦好。

第21章
音乐是一辈子的礼物

音乐是我一辈子的礼物，钢琴是我走入音乐世界的启蒙乐器！

音乐教育不仅提高了我的音乐素养和艺术修养，而且对培养严谨而踏实的做事风格、自觉刻苦的学习能力具有重要意义。其中，钢琴对我的影响非凡，能在生命中遇到钢琴，是我人生的一大幸事！

钢琴赋予人非凡的气度，学习钢琴就像进入音乐世界朝圣一般，一路上有甘苦，也有无尽的收获与慰藉！

在家里我是最大的孩子，但却不是第一个学钢琴的孩子。刚开始，我妈妈想让我妹妹去学钢琴，我说我也要学。

学了钢琴之后，我才发现自己在音乐上还挺有天赋的，没多久，一级的曲子我就全都会弹了。

小时候，学钢琴的经历，算是我在音乐方面的启蒙，给我后来在音乐方面的发展，打下了扎实的基础。

我觉得学钢琴的好处是很多的，能使人的艺术涵养持续提高，在理解能力、协调能力，甚至想象力和创造性思维等各个方面，都会有显著提高。所以，在学钢琴这件事上，我受益良多！

当时，我跟着三个不同的老师学钢琴，但教学的质量不尽如人意，而且，三个老师教学的方式比较死板，我很不认同。这就打击了我学习钢琴的积极性。枯燥的练习导致我对学钢琴逐渐丧失了兴趣。

我停掉了钢琴课，一方面是自己的意愿，另一方面也是为了跟爸爸赌气，爸爸不让我去打排球，我就干脆不练琴。我跟我爸说："钢琴，我不练了，我没有太多兴趣，而且，也练不好！"我爸爸听了，就很生气，说："你记着，你现在不练，就一辈子别想学钢琴！"

塞翁失马，焉知非福，因为我没有了后顾之忧，或者说没有了枷锁，我就可以全身心投入打排球的练习中，所以，我后来排球打得非常好，拿到了很好的名次！我现在个子长得这么高，也是受益于那时天天练习排球！人生就是这样，有失必有得！

当然，之后的岁月，我又再度与音乐结缘，因为放在心上的东西，会伴随我一辈子！

成年后，我曾经花好几年去寻找一台演奏厅专用的古董钢琴，那一刻，我突然感悟到原来我小时候提不起兴趣继续学钢琴，没有好的乐器也是原因之一。如果小时候有这样的好钢琴我肯定会继续坚持钢琴的学习。我现在弹钢琴都不看谱，喜欢即兴创作，为的就是洗涤心灵、抒发情怀。

音乐是我生命中永恒的礼物，它对于我来说，无比珍贵！

音乐的感染力向来不是只言片语就可以形容的，音乐是融入我生命中的。听音乐可以治愈心情，演奏音乐可以表达情怀，彼此交相辉映，彼此心灵互通，演奏者与听者都是音乐的参与者，他们的情感与思想都在音乐中得到了升华！

音乐是永恒的，它像生命与星辰一样，是宇宙间的奇迹！

第22章
行万里路，寻找生命的远方

纸上得来终觉浅，绝知此事要躬行！人生正道是沧桑，实践才能出真知！

书本上的东西固然很好，但是在旅途中开阔视野、增长见闻，所获得的知识也是不可限量的！读书重要，但更要阅读世界！

小学三年级之后的一个暑假，我的姑姑带着我和大妹妹坐火车去北京探亲，三天两夜的路程，行程数千公里，去看望大伯父。大伯父他们家在四合院。我是第一次去，第一次感受北京的风土人情，一切都是那么的新鲜，给我的触动很大。

我对北京的印象很深刻，感觉北京跟澳门不一样，我走到哪里，都有一大帮小孩子跟着我，在后面一个劲地笑，感觉这里的人特别热情，邻里之间，亲密无间。

我问他们："你们为什么跟着我，还一直上下打量我？"他们说："你好像跟我们不一样！"他们的意思是，我穿着打扮跟他们不一样，因为当时我穿的衬衫是粉红色的，而他们的衣服都是白色、灰色的，很朴素。

我听到其中一个小孩说："哎呀，怎么那个男孩穿女孩子的衣服？"我听了，心里觉得很好笑："怎么那么无知呢?"但是,这件事也让我意识到,原来不同的人的眼界和观念会有很大的不同。我想,人应该不断走到时代前列去,千万不能落后!

我们应该引领时代,而不能让时代来引领我们!

我在北京待了一个月,我的普通话有可能就是那个时候开始变得越来越好,因为在澳门不可能讲普通话的。这一个月,我还学会了很多北京童谣,我跟大伯父家的孩子们一起唱,唱着唱着,就都学会了!唱《我爱北京天安门》时,我们还要配上相应的肢体动作。在唱这些歌的过程中,我有一个深刻的体验,那就是音乐的力量实在是太大了!简简单单一首歌,可以让一个观念和价值观那么深入人心!

音乐不仅能寓教于乐,同时,还可以净化我们的心灵,让我们的境界不断升华!音乐还可以起到鼓舞、激励的作用,让我们有勇气、豪气与气魄。

在北京期间,我一个人去天坛公园,虽然不远,但是也要坐公交车。公交车很难挤上去,挤上去之后,售票员就在车厢中部,我挤到售票员跟前,买了票,就站着。公交车行驶过程中,要小心刹车,就这样,我经常一个人挤公交去天坛公园。在那时,对我来说,这些都是非常新奇的人生体验!而且,这一切也训练了我的胆量。

孩子利用寒暑假出去旅游增长见闻真的是一件非常重要的事情,而且,不仅仅是简简单单的旅游而已,在"行万里路"的过程中,还可以学到很多书本以外的东西。

你我本就自在如风,何必囿于人生围城?去看山、看水、看人世繁华;去听风、弄月、赏星河璀璨!人生的境界，要靠自己去拓宽；人生的路途，要靠双腿去丈量！心胸开阔，天地宽广，人生境界自然在"行万里路"的过程中不断升华！

有一些人每天在做消耗自己的事情，越来越小的圈子里，包裹着一个"不断重复自己"的生命。

寻找生命的远方，身体与心灵，披星戴月，一路前行！

第三篇 最初的梦想，扬帆起航

第23章
在挫折与苦难中建立强大自信力

人生中，挫折与苦难都不可怕，可怕的是我们丧失自信力！

泰戈尔曾说："当你为错过太阳而流泪痛哭时，你也将错过满天繁星！"

所以，应坦然面对人生中的各种挫折、苦难，从中汲取生命的养分，让自己的人生更加丰盈、精彩！

始终保持强大的自信力，保持一颗热血沸腾、勇于尝试的心！

我五年级时，11岁，学校来了一位著名的钢琴家梁老师，他是来教我们音乐的，我们兄妹就转到他门下学钢琴。跟着梁老师学琴后，认识了他的儿子，他的儿子也是我的同班同学，殊不知，这是我后来噩梦的开始。他儿子有暴力倾向，是校园暴力的源头，很多同学都因他而受到伤害！

那一年，我还参加了人生第一次钢琴演奏，一首《快乐农夫》让我在舞台上非常耀眼！当演奏结束时，现场响起热烈的掌声，我人生第一次感受到被那么多人鼓励的快乐！

12岁那一年，对我来说是多灾多难的一年！那一年春节，大年初三，我突然身体发烧，经医院诊断为风湿性心

81

肌炎，留院治疗了一个多月。风湿性心肌炎还是挺严重的一种病，医生说，出院后不允许做激烈运动。所以，我出院后，也不被允许上体育课。

因为生病，我缺课一个多月，导致有一些功课赶不上，而那时小学毕业考试在即，于是我的学习就更紧张了，压力特别大！父亲跟我说："如果要留级，也是没关系的，父母亲都会理解！"不知道为什么，这一句话反而激起我的好胜斗志。我心里想："凭什么我要留级？"所以，从我出院那一刻开始，我就积极行动起来，每天都忙着恶补落下的功课！

功夫不负有心人，经过我的努力，小学毕业考试时，我的全部课程都及格！我记得，班主任发成绩单的时候，发到某一个同学时，那个同学五门课都不及格，老师就说："你看，人家张思源缺课一个多月都能全部及格，你没有任何借口吧？"当时，我听到这句话，就好像被托上了天，原来，在老师的心目中我是这么优秀呀！从那天起，我领悟到，落后、缺课、逆境都是可以被克服的，只要你自己肯努力坚持，你就可以成功！世上无难事，只怕有心人！

对于拥有强大自信力的人来说，挫折是走向成功的捷径，苦难是通往幸福的坦途！

经历病痛之后，我遇到挫折再也不会退缩，因为"有志者事竟成"，虽然人生还会再次遇到挫折，还是会再次遭遇苦难，但是，一切打不倒我的，必使我更加强大！

在医院治病的那些日子里，我并没有虚度时光！我看了《三国演义》《西游记》《义犬报恩》等漫画。我发现，知识用漫画的形式来表示，会更容易使人感兴趣。其实，一个人只要喜欢上学习，通过各种途径都能学到东西！

我的知识并不是全部来源于看书，各种音频、视频、媒体都是我汲取知识的渠道！如果我父母当年一直逼我看书，反而会使我的知识面变得狭窄，可能我现在也会取得这样的成就。这是一个多元的时代，在学习方面也要与时俱进！

在住院的日子里，我认识了一位病友———个小姑娘，她是香港人，名叫李美仪。一个月的相处使我们建立起深厚的友情，不过，出院后就没有再联系了。人与人的缘分，就是这样，邂逅是突然的，离别也是突然的，就像天上的云，飘来飘去，人生的际遇捉摸不定，所以，我们更应该倍加珍惜！

珍惜生命中经历的每一件事，珍惜生命中遇到的每一个人！

大千世界，茫茫人海，时光荏苒，岁月匆匆！不沉迷过去，不狂热地期待未来，专注于当下的时光！

第 24 章
能扛事，是一个人最了不起的才华

做一个命运打不倒的人！命自我立，运自我求！

在生活面前，屡屡受挫，我们才明白：流水不争先，争的是滔滔不绝！能扛事，是一个人最了不起的才华！同样的困难，别人无法承受，你承受住了，这就是你的过人之处，也是你取得成功的资本。做人不需要有那么多优势，能扛事就已经才华横溢了！

1976 年暑假的时候，我的扁桃体发炎严重，而且每个月我都会发烧。所以，医生就给出治疗方案：切除扁桃体！

我爸不知道怎么想的，可能是希望我得到更好的治疗，他让我去深圳一家知名的医院去治疗。当时，澳门的医疗条件比较差，深圳的医疗条件会先进很多。

我到深圳的医院做了一个小手术，手术比较顺利。但扁桃体割完之后，并没有万事大吉，我要在旅馆躺一个礼拜做康复治疗。这一个礼拜，为了促进伤口愈合，我每天都只能吃冰激凌。

后来，更要命的情况出现了！一个礼拜后，医生告诉我们，手术不是很彻底，没有切干净，要再做一个小手术！

1976 年的噩梦还没完！年底 11 月的时候，我再次发烧，被紧急送进医院。那一次，我在医院又住了两个礼拜！

我心里对医院几乎产生了恐惧感，我觉得对于人来说，健康真是太重要了，身体不好会打乱你的生活。一个人，就算学业或事业再成功，如果身体不好，也不能算是真的成功。只有身体健康，才有了成功与幸福的基础。

1976 年对我来说真的是多灾多难的一年，这么多的灾难发生在我的身上，对我来说是一种折磨，也是一种磨砺！灾难让我在以后的人生逆境中，有更大的勇气去面对！我常常觉得每一次灾难都是实战的演练，为的是让我们在面临更大灾难时可以减轻伤害！经历过风雨的人，对他来说，风雨不再是灾难！

人生中，苦要自己吃，事要主动扛，有些路，是人生的必经之路！在人生的路上，有一条路是每个人非走不可的，那就是年轻时候的弯路。

很多"过来人"为我们指路，是想让我们少犯错误，少走弯路。可是，很多事情，没有亲身去磨炼，永远也走不过漫长的黑夜，有些路，非走不可。

如果想看最壮丽的日出，黎明前的至暗时刻，就是我们必须承受的！

第四篇

恰同学少年，风华正茂

第25章

百年培正，红蓝精神，至善至正

培正培正何光荣，教育生涯惨淡营。培后进兮其素志，正轨道兮树风声。万千气象方蓬勃，鼓铸群才备请缨。爱我培正谟谋远，永为真理之干城！

每当唱起这首校歌，我仿佛又回到了自己的母校——培正中学！

"十年树木，百年树人"，拥有 130 多年历史的培正中学，是中国第一所由华人基督徒筹资兴办的新型学校。我从幼儿园到高中都是在这所学校度过，她是我永远无法忘怀的母校。

百年来，培正中学师生有一个共同的身份烙印——"红蓝儿女"！

"红蓝"是培正中学的校色。红，暖色调，代表澎湃的热情、火热的心、善心善行；蓝，冷色调，代表冷静、思考周全、品行端正！

培正中学百年来为社会培养了众多优秀人才，这些优秀人才遍布海内外各个行业。这些培正学子在工作生活中处处散发优秀的培正"红蓝精神"，而母校培正中学成为他们精神与力量的源头！

培正中学校徽创制于 1916 年，中间的书本图案承载着

"至善至正"的校训。红色的圆盘代表太阳,每个方向有七道光芒指向四方,代表火热的心。围着光芒的正方形,代表我们做事要有规范、原则或抱负,不能任意而行。而四条线比喻德、智、体、群四育。四线等长相连,寓示"四育并重"。蓝色和四颗星星代表无垠的宇宙,寓意我们要放开怀抱,目光远大,要像星星那样发光,耀于长空!再向外面是中文校名和英文校名,循圈而列。最外面的红色圆圈表示灵活处事,内里的正方形则代表做人的原则,外圆内方,教我们既要处理好人际关系,又需坚守原则,不可以随波逐流!

多年来,我的母校培正中学给学生最好的教育,成就学生健全的人格,培育敢于担当、塑造美好、追求真理、崇尚科学的"至善至正"的精英人才!

"红蓝精神"和"至善至正"的校训,一直深刻影响着一代又一代培正人!作为培正中学的"红蓝儿女",多年来,我始终深感自豪!

多年来,我的母校培正中学一直以"精英教育"的理念,以严格不包容的态度筛选优异学生,能留到最后的自然也是最优秀的学生!学校本身也是小社会,也奉行优胜劣汰的法则!在这个模拟的小社会里面,生存能力就是在这一法则下被训练出来的!在这里严格就是大爱,只有不断提升自己才不会被淘汰!

什么叫"精英教育"?基本没有人能拿满分,顶尖的分数75分就是全班之冠。60分及格,所有科目都能及格的大概只有25%的学生!或许有人会说:"这种挫败感的氛围能出优秀学生吗?"但是,事实证明培正中学出了很多名人，其中很多人拿了诺贝尔奖和其他大奖！

教育，不单单是培养人有"平均知识"，更要在茫茫人海找到能为人类进步发展做出新贡献的"精英人才"！学习环境充满挑战氛围才能激发人类潜在的生存适应能力，才能在这个瞬息万变的社会突破平庸，追求卓越，坦然无惧地面对与克服重重危机和困难，活出一个自信丰盈的人生！

我的母校培正中学，初名"培正书院"，是文化底蕴深厚的一所名校！培正校友遍布世界各个角落，为全球的经济、科技和社会发展做出了巨大的贡献！

培正中学的理念中，有浓厚的儒家思想，如儒家经典《大学》中的"止于至善"就是培正"善正"精神的源头。因此，我们的校训有中、西文化合璧的意味。

红蓝儿女，止于至善，至善至正，善正合一！

第 26 章
表扬建立理想，惩戒建立道德

弗洛伊德："表扬建立理想，惩戒建立道德！"

在父母暴力教育下长大的孩子，既有令人同情的一面，也有可恨的一面！

我亲身经历过"校霸"的伤害，我觉得，父母的暴力教育，往往会导致孩子的暴力倾向！

我进入中学之后，学校新转过来很多高才生。培正中学会吸纳很多高才生进来，也会淘汰很多适应能力差的学生。因为始终处于这种变化之中，我的社交圈子于是发生了相应的变化。我从小到大都是比较寡言的人，没有什么朋友，所以，这种变化也给我带来很大的冲击和挑战，我一方面很喜欢这些挑战，另一方面对这种变化又心存畏惧。

初中一年级时，我大病初愈，正处于适应期，这导致我的性格更加内向。同时，由于身体原因，不允许参加体育活动，因此不能跟大家一起运动，所以，我的成绩明显差了很多。

那个时期，我成了学校里的弱势群体，还引来了"校霸"的欺负。这个"校霸"是钢琴老师的儿子，他仗着他爸爸是学校的老师，也仗着他长得"人高马大"，常常欺负同学，我也成了他欺负的对象。他平时会练武术，他把

92

我当作沙包，而我身体弱小，没有反抗的能力。

我忍了两年，终于有一次发飙了。那一次，"校霸"把我的书包拿走了，我实在太生气了！我就找到我爸，我爸就跟我去他家把书包拿回来。结果，这个"校霸"就被他的家长暴揍，得到了应有的教训！

其实，这个"校霸"跟我走的还是比较近的，他也跟我说了很多他的事情。因为他父母是教钢琴的，他也想学钢琴，所以，父母对他特别严厉，学钢琴的时候，他经常被打。父母的暴力教育，让他很压抑，所以，他就会发泄在同学身上，他成了他自己不想成为的样子，成为令人讨厌的"校霸"！

我听了他的遭遇，就想到贝多芬，贝多芬也是从小在暴力教育下长大的。后来，这个"校霸"毕业的时候就去读音乐。我知道他为什么读音乐，他就是想证明给他老爸看，他一定会做得比他父母出色！

我觉得他一生的性格也好，走的路也好，他一生的为人也好，都是被父母逼出来的。他没有透气的机会，全在父母暴力教育的高压之下。他从一个受害者，变成一个加害者，成了"校霸"，这并不是他的本来面目，也不是他的本心。

惩戒是必不可少的教育手段，但是要掌握"度"！

按照弗洛伊德的说法："表扬建立理想，惩戒建立道德！"弗洛伊德在"人格结构"中把人分为"本我""自我"和"超我"。"超我"有良心和自我理想两部分，良心是儿童受惩罚而内化了的经验，自我理想则是少年获得奖赏而内化了的经验。

因此，一味地强调赏识教育，对孩子没有边界地进行"你真好"的表扬和赞赏，而弱化了惩戒教育，则会让儿童失去完整的道德经验。相反，一味惩戒孩子，则会让孩子有暴力倾向，由受害者变成加害者。

教育，应该培养完整的人！

在现实生活中，对于有些"熊孩子"，不打不成器，需要打时，就要打，否则就建立不起道德和规则，不能形成正确的人生观和价值观！

实施惩戒教育，特别是对"熊孩子"实施惩戒，必须基于事实、情景和适当的方式，绝对不可以滥用。行为主义心理学强调"刺激与反应"，即有什么样的"刺激"，就会有什么样的"反应"。当成人的苦口婆心无效时，则可采用"刺激"的方法。表扬是正刺激，而惩戒是不得已的负刺激，如此，才能强化或弱化他们的行为，最后达到改善的效果。

教之以理，育之以德，这就是教育的本质！

第27章
恰同学少年，逆光成长

恰同学少年，风华正茂，书生意气，挥斥方遒！

一个人，少年时期读的书、做的事、受的教育，足以改变他的一生！最初的一缕阳光、一场风雨、一番磨炼，都足以成就他的一生！

每一个伟大人物都不是生来就伟大的，唯有不断成长、不断突破，才会变得越来越卓越！

学生时代，就是在潜移默化中，自己去寻找人生目标，自己督促自己、激励自己不断奋进！

进入中学后，我们那个圈子的同学都很叛逆。叛逆是独立的前奏，也是一个人走向独立必经的道路，成长会有阵痛，也会有欢欣！

有一个女孩，她是我们班的班长，漂亮又温柔。我们班来了一位60多岁的代课老师，他教我们中文，他教课的方式比较古板，就是要求同学们一直读书，也不管你听没听进去，理解不理解。这样的教育方式，导致我们所有同学都觉得学不到什么东西。没想到，后来，带头反抗的居然是那个看起来很温柔的女班长！

女班长煽动我们，把粉刷竖起来，把粉笔都收起来，当代课老师进来时，他满脸错愕，根本没办法讲课！

中三那一年，很多越南难民出现在澳门。我跟同学去做了一次探访并进行了报道。在难民营访谈中，我们看到很多难民艰难的状况，近距离地嗅到了战争的恐怖，感受到战争给人们带来的苦难！其实，在那几年，我晚上睡觉都会出现失眠的状态，难民的事给我带来很大的冲击，我开始思考人生的意义。就这样，我的少年时光在疑问、好奇、恐惧中悄悄度过了！

1979年暑假中三结业时，我已经3年没上过体育课了，我心里很不甘心，心想：我的少年时光就一直留着这样的遗憾吗？

我不甘心，所以，在暑假我就去学游泳，而且，开始了全面的身体锻炼。我每天早上6点起来去爬山，去一圈一圈地跑，天天锻炼，让自己变得更强壮。

后来，学校来了一个新教练，开始训练排球，我报名了，成功入选！没有做不到，只有我自己想不想要！

法国思想家罗曼·罗兰说："世界上只有一种真正的英雄主义，那就是在认清生活的真相后，依然热爱生活！"

成长，就是直面现实，勇于突破！成长就是意志坚定，永远不放弃梦想！

恰同学少年，以梦为马，不负韶华！

第28章

每一分、每一秒都是梦想与平庸的较量

曾国藩说："心至苦，事至盛也。"

年少的时候我们都以为自己是个天才，随着慢慢长大，才发现时间是有限的，自己一生能做的事是有限的，这就使我们面临抉择。有所取舍，才能做成一些事。

回首这么多年走过的路，我的每一天，都是梦想与平庸的较量！追求卓越，是我的人生常态！

1979 年，经过一个暑假的体育锻炼，我体验到了自己的蜕变，于是，我心中萌生出坚持体育锻炼的想法！

为了追逐我的体育梦，我做出一个无比艰难的决定，那就是停止学钢琴！我酷爱音乐，只有体育能让我远离自己至爱的音乐！通过体育锻炼，我体会到了"生命活力"所带来的无比美妙的感觉！

我当时已经入选排球队，那一年，排球队出征全澳校际比赛，我随队参加，并上场比赛，当时我们队拿到了第二名！

在参加排球队之前，整整一个学期，由于身体原因，我都不被允许参加任何体育运动，那时的我，简直就是半个废人。现在，我突破了自己，与团队一起协作，帮助校队拿到全澳第二，我为此自豪。

为了体育梦想，我与父亲在学不学钢琴这件事上发生了矛盾。我与父亲都是固执的人，但是，一个固执的人未必就能真正理解另一个固执的人的所思所想。

我不再练钢琴，一半是因为和父亲赌气，另一半是为了我心中新的梦想！那时，我有个新梦想，既然我的身体已经变得强壮，我可以打排球，我为什么不在体育领域开创一番天地呢？

我不想虚度我的中学时光，考虑了很多策略，我觉得自己在田径赛场拿到奖牌的可能性最大！最后，我终于发现了一个冷门项目：三级跳远！我们学校的三级跳远，当时报名的只有6位运动员！在这6位运动员中，其中2位是全澳纪录保持者，其他报名者水平一般，所以，如果我报名参加，就有机会拿到第三名。

果然，很幸运，比赛当天，本来最有机会拿到第三名的运动员，因为参加了太多其他体育项目，比赛前精疲力尽，放弃了参赛，而我终于把第三名的奖牌收入囊中。这个经历使我知道，只要心中有梦想，配合策略和运气，就可以梦想成真！

人生的每个阶段都有着不同的意义，有着不同的目的地，有着很多选择，有一些选择，我们一旦做出，也许就将为之奋斗几十年，这就是我们的梦想！

当我们处在人生十字路口迷茫失意时，梦想会提醒我们振作精神；当日复一日的生活使我们感到厌倦时，梦想会提醒我们警惕沦为平庸。

我的青春时光，是为了追逐梦想而不断寻求突破的时光！青春的原动力与梦想的原动力合二为一，让我能够脱离我的困境，使我告别不能从事体育运动的困境，积极地拥抱变化，迎接挑战！尘世纷繁，人间百态，初心不改，逆光而来，追梦而行！

第五篇
外面的世界很精彩

第 29 章
变化是世界的常态，成长是我的常态

人们常说，"世界那么大，我想去看看"，"生活不只有眼前的苟且，还有诗和远方"。

1980 年暑假，我们家庭医生的大儿子从加拿大回来，为我带来了"外面世界"的见闻。我听了，很有兴趣，就跟他一起聊。

很多人都没有想过留学，但是，从小到大，我都有这个想法。尤其从中三开始，这个想法就更加强烈。留学对于我来说，不仅仅是出国求学，而且，是去见识不一样的文化，去开阔自己的眼界，看过世界，才会有世界观。

澳门是很小的地方，我们很小就知道澳门没有大学，要想上大学，必须离开，去香港，去台湾，去内地，或者出国，去美国，去加拿大，所以，我们的求学之路，就是——到远方去！

跟这位大哥聊之前，我一直认定要读化学，而且毕业就当一名药剂师。跟他聊了之后，我才知道这个世界有一种神奇的东西叫作计算机。当时，我听他讲计算机，就像现在的人听到人工智能一样，充满新鲜感与好奇感。我对计算机产生了兴趣，觉得这门新科技将会改变世界。

那时候，澳门刚好有一个计算机方面的暑假班，是学

习编程入门的，我就去报名。学了一个月之后，我发现我已经深深爱上了计算机，我觉得我必须选计算机，我的未来必须与计算机有关！

计算机于是就在我心里种下了一颗种子，我不想再做药剂师。计算机的神奇之处在于它可以高效执行人的指令，可以比人脑更高效、精准地完成很多任务。在编程的过程中，我有一种成就感，当一段程序写好，成功运行，计算机按我的逻辑去完成任务时，我感觉这真是非常有创造性的事！我觉得计算机产业前途无限，未来，它的应用一定是非常广泛的！

我那时一边学计算机，一边开始联想，畅想未来的可能性。1980 年的时候，计算机还是很初级的，但是，很多科幻片已经为我们展现了一个奇幻的未来。从科幻片里可以看到很多颠覆性的科技，而这些科技往往以计算机为基础。在科幻片的启发下，我可以预想到未来世界是怎么样的。

中学毕业后我面临求学方向的抉择，那个时候，我的一位同学已经决定去加拿大读高中。他问我："你想去加拿大留学吗？我有一个申请表，要不给你吧？"他给我一张申请表，我拿着这张申请表，就回家跟我爸商量。我跟我爸说："我想去加拿大读高中！"我鼓起勇气告诉父亲我的想法，看他有什么反应。结果，出乎我的意料，他很爽快地就答应了。

当时，因为计算机工程已经成为我的新目标，所以，去加拿大留学，接触前沿科技就变成我的意愿。留学这件事，从做出决定到最终成行，只用了 3 个月时间。我出国留学这件事，发生得太突然了，让我母亲措手不及。从小到大，我一直都在母亲身边，极少离开她，更别说离开这么远、这么长时间。但是，为了求学，为了谋发展，我必须到更广阔的天地去，去追寻新的梦想。

至于为何父亲那么快就答应我去留学，其实是因为半年前父亲刚好赢了彩票大奖，他在把资金用于扩充公司业务的同时，还有余钱送我去加拿大留学。但是，这笔从天而降的横财，也是家庭破产的导火线。财富是把双刃剑，有能力驾驭它，可以钱生钱，没有能力驾驭它，它也可能一夜之间化为泡影，甚至带来灾难。或许，父亲那时不懂这些道理，他被从天而降的横财冲昏了头脑，打乱了自己的人生。

变化有时是一种危机，而更多时候，变化是一种难得一遇的机会。瞬息万变的世界，因为变化才蕴藏着更多机会。只要我们成长速度够快，我们就能先人一步，抓住这些稍纵即逝的机会。

第30章
在异国他乡的星空下学会独自成长

今天的成功是因为昨天的积累，明天的成功则依赖于今天的努力，成功需要一个成长的过程，或者说，成功本身就是成长！

加缪曾说："有时候人们需要过一段背井离乡的日子。"正是在异国他乡的学习与经历，让我的视野变得开阔，知识得以增长。

1981年8月27日，父亲带着我一起飞往加拿大多伦多。父亲送我踏上求学之路，对我来说是一种难以忘怀的温暖。在万米高空的飞机上，我的内心是忐忑的，从此，我将一个人去面对未来。同时，我的内心也是欣喜的，仿佛那一刻，我就一下子长大了。

到一个陌生的国度，我们首先要解决的问题是寻找一个落脚点。那时候，我们先投靠已经在加拿大定居的邓老先生，他是很多年前我母亲在印尼雅加达学裁缝时的邻居，在这异国他乡，他就如同我们的亲人一般。

那时，我们对加拿大是陌生的，那个年代，通信、交通都没有今天这样发达，所以，找一个地方或找一个人，都要费一番周折。记得有一次，我和父亲出去找一位朋友，手上拿着地址，从地址上看，我们是在这条马路的1000

106

号，而朋友家是同一条马路的 3000 号，我们都以为相隔不远，就选择走路去。不知不觉，我们走了半小时，但抬头一看，我们还在 1000 多号的范围内，我们这才知道，看似在一条街，实则隔了非常远的距离。后来，父亲学着在电视上看到的样子，挥手搭顺风车，结果真的有好心人停下来，送我们去。

父亲身上有很多优点值得我学习。比如，搭顺风车这件小事，就是他从电视剧里学会的。他从电视剧里知道加拿大当地有搭顺风车的习惯，就学着当地人的样子，伸出自己的拇指，或是挥一挥手，表示自己需要帮助，想搭顺风车。开车的人看到了，如果方便的话，就乐于停下来，载我们一段路。从这件小事，我看到父亲的勇敢和解决问题时的冷静，也领悟到不少的道理：没有办不成的事情，关键在于你要乐于接受新鲜事物，旧方法只能解决旧问题，新方法才能解决新问题，要把事情办成，先要去尝试。

因为父亲之前中了两次彩票大奖，所以父亲很快就买下一个公寓让我住了下来，这样我在加拿大也算有了一个像样的"家"，我的心因此安定了许多。

这是我第一次离开家，从来不会做家务的我，突然就要独立了，真的有点恐惧。我尽力去学做各种家务，让自己在加拿大有独自生活的能力。

不久后，父亲就要回澳门，我的内心是不舍的，而且，在异国他乡，我对父亲有一种依恋，他走后，我将独自面对一切，一种孤独感袭上心头。

其实，我对自己申请的这所加拿大高中，知之甚少，它到底什么样子，它的规模有多大，学校里的老师、同学、

107

教的课程又是什么样，对这一切，我完全没有概念。

后来我才知道原来这所高中是由一间幼儿园改造而来的，所有学生都是像我一样从香港、澳门等地来的留学生，全校也就几十名学生。学校名字叫 Old Canada College，我被这个听起来好像历史很悠久的名字忽悠了，我的内心涌上强烈的失望感。不过，既来之则安之，学校的规模不重要，学校的条件也不重要，重要的是学习的过程，只要我每天专注于学习，在任何地方，我都能学有所成，为自己的一生打下良好的基础。本着这样的初心，我在这所简陋的学校开始了求学时光。

山不在高，有仙则名；水不在深，有龙则灵。

学校是简陋的，但是里面的人却是"妙人"。我们学校的副校长就是这样一位"妙人"。他是一位华人，在陌生的国度，我对他有一种他乡遇故知的感觉。他心怀培养精英的理念教课，坚持用英语沟通，坚持用最先进的方法教学。他教学非常严厉，即使我们私底下用非英语交流，也会引来他的喝骂。"严格就是大爱"这句话用在他的身上，再合适不过。

多年来，我一直读的都是中文学校，英语对话对于我来说，实在是一个非常大的挑战。但是，我的内心是热爱挑战的，做有挑战的事，人才可以更快速地成长。还记得上副校长的化学课，他用英语讲化学名称，我完全听不懂。后来，我举手要求他把化学代号写在黑板上。那一天，他很和蔼，把化学代号都写在了黑板上。看到那些再熟悉不过的化学代号，我恍然大悟，用中文说道："哦！原来是钾和钠！"我的中文一说出口，全班大笑，老师也不例外，跟着笑了起来。从那一天起，每一次上课，老师都会把化学代号写在黑板上，我很感激他善良的举动，因为这样一来我很快就把相对应的英文词汇学会了，我的词汇量也拓展了。

真正的良师，一言一行，都是教育。

成长是一条没有终点的路，我走在异国他乡求学的路上，勇敢地前行，一路上累过、苦过、喜过、忧过，我洒下了无数的汗水，也流下了思乡的泪水，一路上我所经历的太多太多……或许，某一天，蓦然回首，才发现自己已经走出很远很远。

带着父母的期待、嘱托，我在异国他乡的星空下独自成长。未来，也许会有荆棘丛生的原野和崎岖不平的道路，需要我用双手去拨开荆棘，用双脚去踏出一条属于自己的人生道路。

青春是用来奋斗的，实现梦想唯一的路，就是学会自己长大，一刻不停地向上成长。

第31章
选择决定未来！起点不怕低，目标不怕高

选择决定未来！起点永远在低处，目标永远在高处。

人生道路，关键的只有几步，是向左走，还是向右走，有时候就是天壤之别。

科技再发达，人生目标也没有"电子导航"，一切的一切都要靠我们自己去做决策。

在 Old Canada College，我用了 3 个学期的时间，把高中后面 2 年的课程都完成了，成绩还算不错，但如果要考名校，作为留学生，还需要进行托福考试。英语毕竟不是我的母语，无论我怎么努力，都不能达到名校的要求。为了自己的梦想，跟父母商讨后，我决定"转校留级"。

我做出"转校留级"这个决定，主要考虑到几个因素：第一，我本来到加拿大留学就是要学计算机工程，我看中了几家大学，其中以滑铁卢大学为最优选择，多伦多大学为次优选择；第二，我知道我英语水平很差，如果语言方面不过关，就算早早进入大学，课程也跟不上；第三，我过去一年取得优异成绩，是因为那些课程我在澳门时就学过，所以一直处在舒适区。正所谓"磨刀不误砍柴工"，好饭不怕晚，多做一些准备，日后也可把多耗费的这一年时光给追回来。

110

人生不怕起点低，就怕没追求；不怕走得慢，就怕走错路；不怕不顺心，就怕想不通。做好人生的每一次选择，走好人生的每一步路，念念不忘，必有回响。与其羡慕他人，不如做好自己。

我"转校留级"的目的，就是在一个更本土化的环境学习英文，不再重复学习任何科目，而是选择新的科目，比如会计、经济、地理等。同时，"转校留级"还可以模拟自己在大学上课的情景，每天上课前先做好预习，并做好学习资料的准备，这样我在上课的时候就会更加从容，可以更快速地吸收新知识。

我的"转校留级"不单让我的英文达到基础水平，能进行日常的交流，而且为我在大学学习和搞科研也做好了准备。虽然我的英文分数还没达到滑铁卢大学的要求，但是，因为我在滑铁卢大学自办的数学比赛和化学比赛拿到优异的成绩，因此，我被滑铁卢大学破格录取了！

只要敢想敢干，往自己心中梦想的方向努力，梦想就会很意外地成真。回头看看，我心存感恩，感恩命运的垂青，也感恩自己的努力。那一年，我考了14次托福，这么强大的毅力，永不放弃的精神，相信没几个人具备。虽然我缺乏语言天赋，但是努力总比放弃好。感恩自己当年永远不言弃的精神，天道酬勤，成功终究属于永不放弃的人。不是因为有希望才努力，而是因为努力了才有希望。

第32章
今生今世的山高水长，只为邂逅生生不息的美好

1982 年，我开始重读一年，这一年很艰辛，因为我一个人住，很孤独，所以应同学邀请开始去教会参加聚会。在教会可以听牧师讲圣经，可以听教会音乐。其实，我从心底里是非常喜欢这些活动的，或者说，这一类活动与我的心灵是相投契的。

我那时内心孤独，渴望与更多人交流。刚开始，我参加教会活动还有一个目的——追女生，结果，我去到教会后，那里的"爱心文化"深深地打动了我。尤其去参加教会活动的人都爱唱歌，我听他们唱圣歌，又跟着他们一起唱，再次唤醒了我对音乐的喜爱。

在音乐的世界里，孤独会被抚平，落寞会被洗礼，所有的慈悲都化成了对相遇的感激。

有很多音乐大师都是虔诚的教徒，很多世界名曲本质上也是宗教音乐。我很欣赏"虔诚的状态"，一个人的心越是虔诚，他的灵魂就会变得越纯粹。

一个单纯、简单的人更接近真理，也更接近爱。

因为参加教会活动，我再次与心中的至爱音乐相遇。当音乐之火重燃时，我立刻就去买了一把吉他。我学弹吉他学得特别快，很快就弹得有模有样，可以在教会的活动

上伴奏。

音乐是人创造的，但是，音乐又反过来塑造人。人与音乐的互动过程，也是心灵成长的过程。

在聚会的音乐活动中，我从领唱的哥哥、姐姐们身上学到很多东西，如学习他们的歌唱技巧，很快，我也开始在教会的音乐活动中担任领唱。

这段经历，让我回忆起幼儿园参加乐团被拒的事，那时候，我是作为"音乐的旁观者"，看着别人在音乐世界畅游，而我只能站在一旁羡慕。我那时，最想做的事就是站到乐团的核心位置，去担任指挥，掌控一切。如今，我站在领唱的位置，也如同指挥一般，此时，我成了"音乐的创造者"。

那段时间，我在教会的聚会中，遇到很多亲切、有爱心的人，遇到了圣洁的教会音乐，这些美好的事物，让我每一天都过得很充实，我的内心感觉很踏实，心里有一种久违的幸福感。而且，慢慢地，我对音乐再次产生了浓厚的兴趣。

音乐的表现方式是感性的，但它的底层逻辑又是那么理性。我们用一辈子的时光，也无法穷尽音乐的魅力。

那段时光，我与很多人相遇在美好的年华，我们一起歌唱，一起体验爱、称颂爱，这真是人生一大幸事。

第33章
成长的三把钥匙：向外看，向内求，向前走

一个人在异国他乡，除了孤独，还有幸运。

世界不会主动走向我们，我们要主动走向世界。以平常心去经历，以恒心去追梦，以执着心去学习。

留学加拿大，我不仅看风景、学知识，更要看看这个广袤世界还有多少优秀的人，看看这世界上还有多少从未接触过的高深的学问。

1983 年 9 月，我在滑铁卢大学附近找到一间便宜房间安定了下来。一间陋室，对我的意义却很重大。住在学校附近，可以节约我在路上花的时间，使我可以将更多的时间用在学习上。

第一天报到，就有一场"奖学金获得者"的聚会。能获得奖学金是一种荣耀，也是对自己在学习和品行上的一种肯定。在这个聚会上，我有幸结识了很多优秀的人，其中有一位才女给我留下了深刻的印象。她是香港人，是一个品学兼优的女生，我与她很聊得来，我们很快就成了非常要好的朋友，我跟她不是亲人胜似亲人。

我上的这所大学，是一所我一直以来心心念念的优秀学府。滑铁卢大学是加拿大一所顶尖公立大学，滑铁卢大学的数学、计算机科学和工程学科教学及研究水平居世界

114

前列，其中优势专业计算机科学稳居加拿大第一。

一所好大学对人生的意义是什么？我们通常认为大学是知识的殿堂，但大家有没有想过，大学其实是人生真正的分水岭。大学是"自我觉醒"的时刻，从"他觉"走向"自觉"，自己想要的是什么，越来越清晰，而且，也越来越知道为了自己的梦想，自己应该怎样去努力。

如果说高中是一个象牙塔，那么，大学则是一个小社会。在大学里，我们要做的是——整合好的自己。大学的学习方式，与中学完全不同，要懂得做规划，规划学习、生活以及未来要走的路。

我在滑铁卢大学学习了一段时间后，发现很多同学根本不能适应大学生活。大学没有像中学那样的"喂养式教学"，学生上不上课，老师都不在乎；跟不跟得上，也不是教授的责任。大学就是要自觉、自修、自学。

对于留学生来说，最困扰他们的是思乡之情，我有好多同学因为思乡而变得有些忧郁。我能够理解每一位留学生的感受，也明白他们一时半会适应不了大学生活的困扰。

在滑铁卢大学，我专心致志地学习，但并不打算做一个书呆子。我不但懂得读书，更懂得全面发展的重要性，这是母校培正中学教会我的。人只有全面发展，才有可能成长为社会精英。在大学期间，我参加了排球队，这不仅丰富了我的大学生活，还磨砺了我的意志，让我的能力得到提升。

在大学期间，我也学习了跳板、花式跳水。虽然我并不是跳水的好苗子，但是，体育精神就是"重在参与"，只要积极参与，就会有相应的收获。

115

大学生活丰富多彩，有无数成功的喜悦，也有失败的痛苦。大学的第一年，我就尝到了失败的苦头。我在加拿大税务课这门课程上得了 C 等分数，这对我来说是一个不小的打击。

当时，因为一场教会的布道会，我的心灵被深深触动，有感而发，就决定要把音乐这个爱好重新捡起来。我领悟到一个道理：没有必要在自己不擅长的领域死磕，应该在自己擅长的领域用功。

在大学里，之所以选修音乐，是因为我有一个坚定目标，就是以后在教会歌咏团做指挥。这也是我儿时就有的一个梦想。为了当乐团指挥，我需要读的科目是很清晰的，我要懂乐理、懂作曲、懂音乐史、懂美声、懂合唱。

之后 20 年的时光，我凭借自己深厚的音乐功底与音乐才华，在不同的教会担当指挥工作。我成为一名专业的指挥家，实现了我儿时的梦想。这一路走来的艰辛，旁人难以体会，任何成功的背后都是无尽的心血。

有一次，我回澳门休假，我妹妹执教的中学有个女子合唱团，那时，她们正好要参加校际比赛。她们就通过我妹妹找到我，让我客串教导几节课。经过我的指导，这支女子合唱团第一次拿到了最高荣誉。

我在加拿大多伦多留学的经历，使我快速成长。成长是一个不断战胜自我的过程。路要自己一步一步走，坎要自己一个一个过。

只要你肯突破、常反思、去行动，终究会迎来华丽的蜕变。

人的一生，是在梦想的指引下，找到自己、成全自己的过程。而实现自己心中梦想最有效的方法，就是让自己一刻不停地成长。学习、体悟、觉察、精进，都是成长的方法，而向外看、向内求、向前走，是快速成长的三把钥匙。

向外看，开阔眼界；向内求，拓展心胸；向前走，引领时代！

第六篇
逆光而来，坚定前行

第六篇 迎光而来，坚定前行

第34章

人生无常，种种烦恼，皆是顿悟

人生如逆旅。

1985 年大二的下学期，不知道是因为劳累过度，还是因为某种"心灵感应"的缘故，有一天，我做了一个奇异的梦。梦中有一个声音对我说："这周末就要回去见一见我在澳门的家人。"结果当天下午，我就接到妈妈的长途电话，说我爸爸中风住院，危在旦夕，让我尽快回家。

我爸的中风，其实要从 1982 年说起。我爸把一手"好牌"打成了一手"烂牌"，都源于他的个性，他太固执，以至于撞了南墙也不回头，终于到了无法收拾的地步。

父亲其实是有福报的，爷爷最宠他，把最好的都给他，而他自己又中过两次彩票大奖。也因为钱越来越多，父亲开始不淡定，他不想再听我爷爷的话，想开创独属于他自己的一番事业。家庭的不和，引发了一系列连锁反应。最后，公司资不抵债，父亲不得不把所有家产变卖。经济的压力导致父亲最终无法支撑，甚至中风。

医生告诉我们，父亲中风很严重，加上父亲是先天性心脏病，所以医生让我们准备后事，父亲当时才 47 岁。

我赶回去，看到父亲的时候，他还昏迷不醒。看到曾经意气风发的父亲，如今躺在病床上不省人事，不禁让人

121

悲从中来。那时，我才知道家里条件已经很糟糕了，而我还一直被蒙在鼓里。

那时，很多亲戚和长辈都劝我不要去留学了，要回来承担起一家之主的责任，照顾父母亲和两个妹妹。这些话语对我来说，就像晴天霹雳，我的梦想就这样被粉碎了吗？为此，我在心里斗争了很久，很痛苦。

我想，这时如果让父亲选择，他会怎么做呢？他一定会支持我完成自己的梦想。

于是，我跟加拿大的朋友和教授联系上，教授让我回去继续完成学业，他保证会在经济上和精神上帮助我。教授说："千万不要放弃学业，因为一个人一旦放弃梦想，他的整个人生也就失去了方向。"

我那时 20 岁出头，面临艰难的选择，想到父亲的状况，想到家庭的窘境，想到自己肩上的责任，我的内心充满矛盾。如果我放弃学业，留在澳门照顾家人，我们家一辈子的穷困将没有尽头。留下来，改变不了家庭的命运，走出去，闯一闯，才有可能使家庭的命运迎来转机。

我的选择是，无论多么艰难，我都要坚持完成学业！

做出这个决定，依然是艰难的，也是有巨大代价的！如果当时我放弃学业，回澳门照顾家人，那么，从来不工作的妈妈就不用出去奔波，不用独自支撑家庭，就不会累得病倒。但是，当时我无法预知未来会付出这样的代价。当时，我对妈妈说："我决定回加拿大完成学业，我们的未来就看我的成就。后面几年也许会很艰辛，就要辛苦妈妈了。妈妈不用为我操心，我会有办法完成学业。"妈妈听了，很理解我，她也知道，我坚持完成学业，才有可能扭转家庭的命运。

父亲的病情好转，我就回加拿大继续完成我的学业。父亲凭借强大的生存毅力，度过了危险期，但是，他从此半身瘫痪，失去了工作的能力，只能天天躺在床上。

当我回到加拿大的时候，已经错过所有科目的中期考试，需要申请大考一次，才能确定成绩，幸好校方与教授都同意了。而这个学期的大考成绩，是我在大学那么多学期当中，拿到的最好分数。所以，困难不会让我消沉，只会激励我，让我变得更加强大！

世间本无对错，也没有绝对的好坏，选择 A 还是 B 都没有什么关系。别那么畏惧选择的结果，执着于选择的完美，世上哪有什么完美，所谓完美，全都是付出百分之百努力后才得到的。

第35章
梦想的微光，足以让星河燎原

在时代的洪流中，勇于前行，为梦想进击，就能有所成就，开辟人生新格局。

因为父亲中风，家里经济出现问题，不能再支撑我完成学业，我只能靠自己！不过，塞翁失马，焉知非福，这也促使我走向独立，我开始一边继续学业，一边打工赚钱。

1984 年暑假，很幸运，我得到了一个赚钱的机会。有位教会朋友，他是开计算机零售店的，他让我免费在他那里实习，那时苹果发布了第一代 Macintosh 个人计算机，我有机会当了第一代的苹果销售员。当时，我代表公司在一个很大的商业会议上，展示最潮流、最先进的苹果科技产品。

到了 1985 年暑假，我再次回去找那位朋友，告诉他我家里的情况，希望能够赚点学费。这位朋友那时刚好接到一个非常棘手的工作，急需人手，就希望我能帮他，当然也会有相应的酬劳。我的这位朋友是一位信息技术高手，有一家公司找到他，让他做一个项目。这家公司，专门接单把旧的黑白电影变成彩色电影。

其实，以现在的眼光来看，这个工程，并不是一个好项目，因为存在非常大的风险，技术上和商业上都存在风

124

险。但是，在当时来说，这个项目不失为一个好项目。

我还记得那时计算机技术还不发达，我们当时所使用的技术，放在今天来看，是挺原始的。原始到什么程度呢？就是大量的工作都必须由人工完成。我每做一个档改动，就要把整个档系统的数据全都打印出来，然后每个数字一一对比，看看哪里不一样，然后，进行修改。这个经历给我的启示颇多，我认识到，耐心加恒心，再大的困难也不怕。我可以把看似不可能完成的工作，变成可能。

一个人能战胜自我，突破自我，有什么难事是做不到的？

那时，我不仅要做大量处理数据的工作，还要帮他们完成涂色程序的编写。当时 Photoshop 还没出现，涂色软件基本不存在，没有任何软件产品可以参考，而且写程序的语言不太好使，但经过我不懈的努力，这个涂色软件居然被我用机器语言完成了。这件事，让我意识到自己在发明和研究方面的潜力是非常大的，也进一步坚定了我在计算机工程领域发展的信心和决心。

这段编写涂色程序的经历，不仅让我赚到了大三的学费，而且让我大三课程的学习如鱼得水。因为大三的课程，如各种算法、理论，我在实习的时候都实践过了。

上大三不久，为了缩短学期，省些学费，我额外多选修了一些的课程，所以，平常除了读书还是读书，从来没有参加娱乐项目或派对。

或许，你已经过了青春年少；或许，如今的你，每天被生活的琐事纠缠；或许，如今的你，还在自己不喜欢的岗位上疲于奔命……但当初的梦想，你还记得吗？

一个人可以非常清贫、困顿、低微，但是不可以没有梦想。只要梦想存在一天，就有机会改变自己的处境。

梦想是对未来的一种期待，是用心去实现的目标，更是现在的每一分每一秒。梦想是一种精神上的追求，一种动力的源泉，有了梦想作为方向，内心不再迷惘，有了梦想作为目标，未来少了很多"不确定性"。

第36章
生命中的贵人是无私的"守护天使"

杜甫有一句诗："随风潜入夜，润物细无声。"我生命中的贵人也是这样"润物无声"地帮助我，我心里对他们始终深深感激，无限感恩！

1986年，我终于在学校里找到兼职，解决了我大四的学费问题。我的这位贵人，名叫Dr. Shen，她是当时工程系的教授，也是校园团契的导师，是位基督徒。她是我非常敬重的一位教授，也是我精神的依靠。她让我研究编程，这个程序是她的博士生先开始做的，也是教授自己的研究项目。这么重要的一个项目，她居然给我做，可见她有多么看重我和关照我。这个程序是研究怎么用电脑的原理，去高效地把皮草进行分类、切割，达到经济上和质量上的最优化。从现在的观念来看，这种程序就是人工智能AI，就是用程序来合理规划切割的方式，使每一张皮草都能得到最大化利用，尽量减少边角料的产生。这样的工作，如果仅凭人工去做，很容易失误，而用电脑程序去做，由于它是基于统计学原理，因此通过方案的比对，会优选出最佳的切割方案，最大限度地避免浪费。

我在做这个项目时，把我所学到的知识充分地运用了进去，我巧妙地把一个数学的概念应用到程序里，产生了意想不到的神奇效果。我基于数学模型编写的程序，既简洁又实用，得到教授与同学们的一致好评。而且，当时我编写的这个商用程序，交给了皮草厂家在实际生产中使用，产生了巨大的经济效益。这个商用程序的成功，坚定了我的信心，我对自己的研发能力引以为豪。

因为有了这个兼职，我有了经济来源，就不必为学费而四处奔波。暑假到来时，我可以继续留在校园进修课程，因为有大量的时间用在学习上，我的学业全面提速，最后，我提前一个学期就毕业了。

感谢我生命中的每一位贵人，他们的无私帮助，才成就了今天的我。人生最难得的是，落寞时，贵人会向我们伸出援助之手，得意时，贵人会批评指正我们，贵人就像我们生命中的"守护天使"。

俗话说："锦上添花易，雪中送炭难。"在人生得意时帮助你的人，不一定是贵人，但在困境中愿意拉你的人，肯定是你的贵人。

对贵人要心怀感恩，同时也要感恩自己，因为自己也是自己人生中最大的贵人。感谢自己坚持梦想，也感谢自己始终为实现梦想而奋斗。

1986年底，我再次遇到贵人。那一年，毕业之前，我与一位全球知名的搞计算机图像研究的教授会面。会谈后，教授对我非常认可，觉得我既有天赋，也有功底，而且肯努力，于是，决定录取我为他的硕士生。另外，教授在得知我的情况之后，还分外关照我，让我当他的教务助理，并为我申请了相应的薪资待遇。这样一来，我既能专心致志搞研究，还能有一份非常稳定的收入。

人生的路，坎坎坷坷，谁都可能会遇到困难，甚至遭遇磨难，能遇到贵人向我们伸出援手，真是一件幸运的事，也是值得永远感恩的事。生活中的困难，各种各样，我们之所以能坚持到底，走出困境，也许就是因为有贵人的帮助。有了贵人帮助，我们不再孤军作战，我们不再孤独，内心也有了勇气，别人帮我一把，也激发了我自己的潜能。

贵人像"守护天使"常伴你左右，那是因为你自己也是一个"天使"。

第37章
独立思考，去过自己想要的人生

叔本华说："真正独立思考的人，在精神上是君主。"

知识学得再多，如果不能独立思考，就无法活学活用。一个人未经自己独立思考而吸收大量的知识，知识反而会成为一种负担。

1986年，面临研究方向的选择时，我的内心非常迷惘：究竟选最热门的数据系，还是开始热门起来的互联网工程？选择前者，保证以后可以找到银行程序员这类的工作；选择后者，可能未来就有更多的不确定性。而且，除了这两个选择，我还有第三个选择，就是无人问津的计算机图形工程。因为过去几年的经历，我知道计算机图形工程在未来将会有很大发展空间和机会，而且，我又喜欢做前瞻性的项目，所以，在征询了教授的意见后，我就决定选择计算机图形工程作为我的研究方向。

要做出正确的选择，就要先有正确的思维。因为之前的经历，我对计算机图形工程有了正确的认知，所以我才能选对研究方向。很多人问我："一路走来，你每一次都选对了，是当时就有先见之明，还是后知后觉，碰巧做出正确选择？"我说："我可以很诚恳地告诉你，每一次重大的选择，我都进行过全面的思考，的确当时就已经考虑得非常全面、细致！"关于选择，我得到的启示是要有批判性思维，要独立思考，而不是随波逐流。我们平常在企业开会时，其实都不是在创新，而是去发现各种思维方式与各种创意，然后，再综合分析而得出最佳的结果。

人为什么需要独立思考的能力呢？那是因为你需要用你自己的眼睛去看世界，得到自己的感受，用自己的头脑去思考，得到自己的答案。其实，世界本质上没有标准答案，所以，得到一个答案并不重要，重要的是思考与找寻答案的过程。人云亦云，随波逐流，就等于放弃了自己决定自己人生的权利。

也曾经有人跟我说："因为你是理工男，所以，你才会用逻辑分析来做决策。但是，现实生活中，很多人并没有那么严密的逻辑思维，他们又怎么能做到独立思考，并做出正确选择呢？"话虽如此，但是，我要告诉大家的是：在收集信息进行分析时，我是用了左脑，但是，真的做决策时，我是凭感觉，凭自己出色的直觉。我为什么对自己的直觉有如此强烈的自信，那一定是跟我过去脚踏实地的努力分不开的。事实上，真正用数据分析的人，永远做不出决策，因为当你用数据做分析时，你心里明白，不论怎么分析，都会有未知的风险。

自己的命运由自己做主，自己的人生由自己刻画。

独立思考的能力能给自己多一点信心，勇敢地跨出第一步，你的人生将因此而不同！有些事，别人无法代替，有很多答案，需要自己去寻找。自己找到的答案与别人给的答案，那是完全不同的，亲身体验过的人生，才是真正属于自己的人生。

第38章
被动，世界说了算！主动，自己说了算！

人生在世，想要的，就自己去争取！

我们从小就被灌以各种为人处世的大道理，以致性格变得驯服，但是长大以后发现，世界不会主动给我们什么，你自己想要的东西，只能靠你自己去争取！

1987年，我们的研究室第一次拿到了新发布的Photoshop软件，大家都非常好奇，这个图形软件的功能太强大了，我们都被深深震撼。因为我之前也编写过图形软件，所以，当接触到Photoshop时，我的内心涌上一股敬佩之情。之前，我编写图形软件，是我一个人独自完成的，没有借助团队的力量，而现在已经到了一个大合作的时代，个人再优秀，也要寻求团队协作，才能取得更大的成就。就算Photoshop这样强大的图形软件，它也是团队协作的结果。

那时，研究生要想获得更多机会，就要去参加学术大会。除了去学术大会发表自己的研究成果之外，当然也有去学术大会当义工的机会。1987年暑假，我第一次有机会去洛杉矶参加学术大会，也是第一次有机会去参观好莱坞和迪士尼。

那个时期，最让我兴奋的是做大学助教。当第一次为小我四年的大学同学上课的时候，我感觉自己就像真的当上教授一样兴奋！当时，班里有100多个同学，我担心我的英语他们是否能听得懂。如果他们向我提问，而我不懂，怎么办？给大家上课之前，我的内心有无数的担心，忐忑不安！但是，真正给大家上课之后，我发现一切的担心都是多余的。因为我所教的内容都是我再熟悉不过的，加上我有丰富的实习经验，因此我讲起课来，既生动又自然，而且干货满满，同学们对我都非常敬佩，认为我的课讲得特别好。

我讲课，确实让很多同学受益，但是，最受益的人其实却是我自己。从那时起，我悟出一个道理，就是要用输出的方式，去做输入的事情。如果你想更深刻地学会一门学问，你在有了一定基础之后，就要去跟别人分享这门学问，因为你在"教"的过程中，也进一步深化了自己对这门学问的认知。很多时候，学习知识只是为了应付考试，知识只是被强行塞进脑袋，并没有得到真正的消化，而通过"教学"的方式，可以再次把这些知识分解、消化、融会贯通。

做助教时，我对学生其实是比较严格的。但是，很少有学生因为分数低来找我理论。因为我打分，基本上是很客观的。偶尔有几个人会来跟我理论，我就耐心地跟他们讨论。其实，我最喜欢这种主动争取的人，因为他们知道自己的价值，这些懂得争取的人，只要他们有理，我都会重新给他们打分。

我后来的经历，也再次验证了这条真理：世界不会主动给你什么，你自己想要的，就要自己主动去争取。那时，因为学校规定硕士生不能拥有超过 6 个学期的工作补助，所以，在 1989 年 5 月之前，如果我未能完成硕士学业，以后就没有工作补助了。其实，我在 1989 年 1 月已经把毕业论文交给教授，但是，他反馈得特别慢，到了 4 月，教授突然又提出了很多改动，而且，要求我加上新的研究成果。后来，我哭丧着跟他说："为何到这个关键点，您才提出那么多的要求，我眼睁睁看着好几个月的时间被浪费掉了。而且，因为论文迟迟没有通过，我 5 月就没有工作补助了。"我问教授是否可以给我毕业，论文方面是否可以放我一马。一天后，教授就告诉我，我的论文，他已经签字，通过了。当时，我的内心很复杂，一方面特别高兴，另一方面又有一种辛酸感。教授说他自己是有私心的，迟迟不让我的论文通过，是想留着我继续帮他廉价做研究、出论文。

人要有被人利用的价值，但是，同时又要防止自己的才华一直被人廉价利用！

我看到教授的几位博士生都待在那里超过 6 年了，我庆幸自己懂得为自己争取，才不至于步那些博士生的后尘。

就这样，本来 5 月底毕业典礼可能与我无缘，但因为我自己主动去争取、去抗争，所以，5 月初，我就接到了可以顺利毕业的通知。

努力的意义在于：只要你去做了，为自己争取了，你就一定会有收获。

被动，世界说了算！主动，自己说了算！

第七篇
梦想不休不止，脚步永不停歇

第39章

愚者错失机会，智者抓住机会，成功者创造机会

机会只留给有准备的人，这是一个真理！

万事俱备，只欠东风！机会就是东风，而要做到万事俱备，则需要我们默默努力。

大学毕业后，我到温哥华的一家公司面试，很快就得到了这家公司的一个职位。我之所以应聘这家公司，是因为同学的推荐，他跟我说这是一家相当不错的公司，如果我去应聘的话，不仅专业对口，而且未来的发展前景也会很好。

应聘成功之后，我就去那家公司上班。我又遇到一个贵人，他是这家公司的主管，是非常优秀的一个管理者。他对我的能力与人品都非常认可，所以，他特别器重我，给我很多机会让我施展才华。一开始他指派我去做弃置老产品的维护工作，这个工作没有什么技术含量，但是，我一点都没有嫌弃，我总是擅长从平凡的工作中发现一些闪光点！

派我去做弃置老产品的维护工作，就等于让我去维修故宫文物一样。旁人只看到老产品的"老"，而我却从中感受到了经典，我不断吸取这些经典产品的精髓，从中学到大量宝贵的知识和前人的经验。我怀着谦卑之心，认认

真真做"弃置老产品"的维护工作，做了半年，工作很出色，得到主管和同事们的认同。于是，公司主管就指派我去做更重要的工作。

我又得到一个绝佳的机会：可以参与研发工作。我们要开发一个市场上从未有过的功能。那个时候，很多工具都是用文字指令的，没有现在很方便的互动性输入。我们当时的研发工作，就是要弥补市场上的这一空缺，这是一项非常具有开创性的工作。我负责设计动态生成的互动性输入框，正好我之前的设计图形程序的经验有了用武之地。

那个时期，我除了做研发工作之外，还配合客服部门做技术顾问。因为用户的许多问题，客服人员无法解答，我就出任顾问的角色。配合客服做技术顾问并不容易，对于一个英语不太好的人来说，这是一个很大的挑战，而且，技术性的专业英语，有很多很长的单词，这进一步加大了沟通的难度。每次上岗的时候，我都特别紧张。但经过几个月的锻炼，我战胜了自己，交流越来越顺畅，自己的自信心也慢慢地建立了起来。

现实生活中有些人总是坐着等机会，还时常抱怨"怀才不遇"，甘愿做一个"守株待兔"的人。殊不知，如果一直这样等机会，机会永远不会到来。你一味地等机会，机会就会像满天星斗，可望而不可即，即使机会真的来到身边，你也发现不了，更不用说去捕捉机会和利用机会了。宝剑配英雄，你首先要成为一个英雄，才配得起世界上最好的宝剑。

机会只偏爱有准备的人，不要一心想着机会，而应该为成功默默地做准备，准备好足够的知识、能力、经验，才能抓住机会、利用机会。

然而，好景不长，一年后的某一天，主管让我们把所有的软件、文档全部做了备份后，就把我们都召集起来，每人发一个信封，信封里是钱。主管跟我们说："今天，是大家在一起工作的最后一天，因为公司倒闭了，以后，大家就另谋高就，各自安好吧！"

1990年7月，我所就职的公司倒闭了，这一天发生的事，对我的触动特别大，颠覆了我对工作的认识：世界上没有一份工作是永远稳定的。平淡的日子背后蕴藏着危机。我领悟到，安全感永远不能从公司获得，真正的稳定来自自己的能力与对未来的底气，这才是安身立命之本！

幸好我另一个大学同学就职的多伦多的一家公司正在招聘人才，我又有了一个应聘的机会。

我到多伦多的公司就职后，要做的第一件事，就是做一个前沿性的产品，而在此之前行业内还没有人能做到。整个产品的逻辑模式比较复杂，创新性极高，就是怎么把一个视频和虚拟三维空间无缝衔接，这一技术可以用来制作电影大片的特效。今天的人们，大片看多了，对特效也觉得稀松平常，但是，当时，这项技术的确是很先进的！我记得在第一个月，我什么代码都没写，只是去做研究，看相关技术文献，把我学到的各种数学知识都拿出来用，做出一个方程式，足足有4张纸，有了这些基础之后，我才开始编程。多年的工作经验，使我养成了一个习惯，就是做大量准备工作。磨刀不误砍柴工，有条不紊的工作方式，往往能带来意想不到的丰硕成果。我全身心地做这件事，结果，在一个公司全员大会上，市场经理把我做的软件展示了出来，一下子就震惊全场。大家对我赞誉有加，我很快就被公司关注和重用了。

未来是未知的，我们不能在确知自己一定能成功之后，才去努力，相反，当我们足够努力，做好一切准备之后，我们才有可能成功。

机会并没有很多人想象中的那么难以遇见，甚至可以说，我们这个时代，到处都是机会。机会更不是可遇不可求的，它只是留给有准备的人。

唯有做好万全准备，能为自己创造机会的人，才能打开成功大门，看见胜利的曙光！

第七篇 梦想不休不止，脚步永不停歇

第 40 章
决定你能走多远的，是你的思维方式

人一定要跳出条条框框，站在更高维度，才能解决当前维度的问题！

互联网时代有个词很火，叫"降维打击"，大概意思是，高维度生物，对于低维度生物，拥有绝对的优势，一打一个准！从思维方式的角度来看，突破自己的思维方式，就等于把自己提升到一个全新的境界。

要想跳出当前的困境，突破自己，就需要像这样做降维打击。

在多伦多公司工作时，公司调整了发展的方向，我进入了一个更大的团队。因为工作的变动，我也变成跟另一个主管合作。这个新主管，他知道我的能力，所以，又把另一个很有含金量的研究项目，交给我设计。这又是一个千载难逢的机会，所以说，这个世界从来不缺少机会，就看你有没有准备好。

我们的知识准备好了，能力准备好了，思维方式是否也准备好了呢？

当你用低维度的视角去看某个问题的时候，感觉它无法解决。但当你站在更高的维度去看它，它也许就变成了一个很简单的问题，甚至根本就不是问题。就像马车的时

141

代，大家都在寻找更快的马，但当汽车被发明出来后，这个问题实际上已经不需要解决了。

思维层次的差别就是高度的差别，而高度的差别带来的是全方位的差异。

提升我们的思维层次，站在更高的认知维度上，才能解决别人无法解决的问题，思维方式决定了你能走多远。

当我接到公司给的新任务，即开发一个全新的功能时，我发现要用很多高端数学的知识。当时，设计这个数学模型的架构师是一个高级工程师，设计的理念大概是：当用户用4个圆圈重叠在一起时，我们的工具就能把这些形状生成一个实际的物体。

当时，市场经理说："我期待的是一个甜甜圈形状的虚拟模型，但是，你们的工具只能生成一个吊坠的形状，对于用户来说，这是不可能接收的，是不合理的！"那个高级工程师解释，从数学上来讲，这个结果是正确的，而且，用户要的形状是数学原理不容许的。用户的方案，从数学的角度来说，并不可行。市场经理听了，很失望地离开了。

当时，我本可以选择附议高级工程师的说法，这样，大家都省事！但是，我心里是过不去的。我们的工具满足不了客户的要求，我们不能找任何借口。于是，我花了一个晚上的时间，反复思考，终于，我想到了解决方案。第二天，我展示给大家看，我告诉大家："只要把4个圈重复一遍，就有8个圈，然后把多余出来的边切掉，这样我们就能得到一个完美的甜甜圈！"这件事让我领悟到：有时候要脱离自己给自己的框架，从二维跳到三维，从三维跳到四维，在更高的维度寻找答案，就会得到最优的解决方案。

当然，并不是所有工作都是那么新颖与令人兴奋。当我们第一次把新的产品测试发布后，其中一个功能，就被很多客户投诉。为了优化这一功能，原创工程师怎么调试，都调试不好。于是，我的主管又把这件棘手的事交给我办。刚开始时，我也没有办法做大幅度优化。后来，我决定从根源上解决这一问题。我开始重新研究原创工程师的逻辑和数据结构，终于，发现他选择的数据结构是最有潜力、最新、最强大的，理论上是最好的，但是，也正是这个超前的数据结构导致了兼容问题。这个数据结构太新了，当输入其他工具做的旧模型时，就导致新旧不能兼容，效率变得非常慢。于是，我重新设计新的、更简单的数据结构，最后模型的导入速度提升了 100 倍以上。问题得到了圆满解决，客户也坚定了与我们公司长期合作的信心。

这个经历，让我懂得：在设计上不只看理论知识，实际操作也是非常重要的，只有理论结合实际，做出来的产品才是市场真正需要的。做产品，不能闭门造车。要想持续成功，首先要突破思维方式。

"思维定式"这个词，相信大家都不陌生，有些人几年如一日，原地踏步，生活不见起色，罪魁祸首就是思维定式。

思维定式很大程度是信息不对称导致的。一个人长年累月地接触到固有的、局部的信息，久而久之就会形成惯性思维，认为事情本身就是如此。另外，很多人害怕改变，习惯了"舒适区"。

决定一个人或一家公司走上坡路，还是走下坡路的，也是思维方式！如果只看到眼前的几步，不去看遥远的未来，就很有可能走下坡路。

在当下飞速发展的时代，大家如果想用一年取得别人十年的成就，打破思维定式是必然要做的事。未来，打败微信的绝对不是同类型的社交软件，打败抖音的也绝对不是同类型的短视频软件。

第七篇 梦想不休不止，脚步永不停歇

第 41 章

像天才那样做事和思考，你就是天才

爱好与才能结合，就能创造出杰作！

人应该去感受工作的快乐，去体验创造的快乐！

1994 年，新产品的成功让我们团队在公司有很大的威望，我们团队的主管也被提拔到总公司一个很重要的职位，成为总公司新旗舰产品的总裁，而我自己也成为公司最高级别的架构师。

这个工作是我热爱的，也是我的天赋所在，所以，我能把它做得特别出色。然而，此时，公司却有了新的动向。

1995 年，我们公司被大公司合并。我意识到，我正在设计的新产品如果要完成的话，可能要 5~7 年时间，我觉得时间成本太高了。所以，我产生了一个想法，想离开这家公司去寻找新的机会，因为在这家公司我已经看不到我升迁的路径在哪里。

其实，我们对自己正在做的产品，是非常热爱的，同时，也付出了大量的心血，我们主管为了这个新产品，付出了很大的代价。大家努力的结果没有白费，这个产品的市场份额后来稳居业界首位。

事实证明，我们可以将事情做得很卓越，可以把产品做到世界一流的程度。

145

我的工作很出色，大家对我的能力也非常认可，于是我就想升迁到更重要的职位。当时，我的目标是晋升到公司管理层，甚至想要离开公司去外面找机会。后来，主管觉得如果我离开是公司巨大的损失，他也少了一个好搭档，非常巧，那时候，公司买了另外一家公司的一款软件，基于这款新软件，公司还跟一家日本的大公司签了百万元的合同，要一年内完成一个升级版的"定制软件"。公司高层跟我说有一个主管的机会，如果我要做，我就要牵头招聘团队来做，我思考再三，接了下来。

因为新款软件已经有代码，不用再刻意去重新编写，所以，我接下了这项任务。之前的经验告诉我，有代码就有底层逻辑，有毅力就肯定能破解。最后，我只用了一年多时间就完成了任务。

设想能走多远，我们就能走多远，敢想敢干，才能成功。

我们拥有宝贵的天赋，那就是思考能力，带着思考做事，在做事中思考。做自己热爱的事，同时，热爱自己正在做的事，就能更好地发挥天赋。

像天才那样做事，我们会很像天才，像天才那样思考，我们自己就将成为天才。

除了埋头苦干之外，我们还要时常抬头看一看将来要走的路，思考未来应该怎么走。机会不会主动来找我们，我们要主动去找机会。就算机遇从天而降，我们也要做那个时刻准备迎接这一切的人。

1996年，有一家大公司不但把我们公司买下，还把我们公司的两家竞争对手也买下。所以，公司又有了新的调整和重组计划。非常巧，我在温哥华就职时的第一个主管，此时就在被收购的另一家公司就职，但是他要被分配到另外一个城市去管理更大的团队，于是他就推荐让我来管理温哥华的分公司。这样我就开始了管理层的职业生涯，怎么样才能依靠"懂的人"做事情，是那时的我反复思考的问题。管理不是因为你会做才能管，而是怎么可以调配引领有能之士帮你去完成工作。

人生苦短，要掌握核心、关键的知识和能力，找到人生的"靶心"。

你是不是"让自己的大脑塞满了常识性的东西"而不去思考呢？人不能做"丢了西瓜，捡芝麻"的事。所以，抓住那些能让你具有核心竞争力的事，开启你宝贵的天赋，把它们用于你的人生征程吧。改变你的态度，改变你的关注点，关注自己的优势，而不是纠结自己的弱点。那些总是关注自己弱点的人只能挣扎求生，他们的生活充满挫折和失败，他们浪费自己的潜能，错失良机。相反，那些将自己不擅长的事情交给他人去做的人，将自己的时间用于做自己有核心竞争力之事的人，他们将感受到像天才一样做事，像天才一样思考的超凡体验。

1996 年，我有幸得到大公司的管理培训，其中两本书对我影响很大，影响着我做人做事的原则。一本是 *Now, Discover Your Strengths*，这本书让我更了解自己的优势；另一本是 *Build To Last*，这是一本研究一些成功的企业为何能够持久的书。

每个人，一天都是 24 小时，24 小时并不长，还被划分成工作、玩乐、睡眠等时段。你是把玩乐的时间用来工作，还是把工作的时间用来玩乐，结果完全不同。

第42章
只要自己有才华，人生就存在无数可能性

什么是有才华？爱好遇上天赋，并坚持做下去，就是才华！

爱因斯坦说："只要你有一件合理的事去做，你的生活就会显得特别美好。"

1998年，我们的总公司决定把温哥华分公司关闭，同时，把温哥华的员工都调到美国去。我尽全力说服员工，结果有80%的人愿意调到美国。但是，因为个人原因，我决定不去美国总部，所以，我成为最后关灯的人。

我离开公司后，很多公司向我伸出橄榄枝。有一家初创公司看中我，承诺会给我原始股，我没有理由拒绝，于是，我就去那家在旧金山的公司就职。

34岁的我，成了一家公司高层的股东。进入这家名不见经传的公司，让我在不同层面看到公司日常运作的方式，为我开阔了视野，也使我累积了不少宝贵的经验。

新公司中，有不少"妙人"。当中有一个小伙子，他只是来做兼职的，但他浑身上下都是才华。我通过与他短期的接触和看他编写的代码，就看出他的能力很强。后来，这个小伙子去读斯坦福的硕士，毕业后，就去了一个初创公司担任要职，成功做了一个非常棒的系统，被大公司看

中。再后来，他当上了公司的总裁，又跳槽到了 Firefox，不久他又被 Facebook（现改名为 Meta）招到旗下。他在 2021 年就正式退休了，彻底实现了财务自由，从此过上享受人生的生活。从这个小伙子的身上，我看出一个人的潜能是无限的，只要自己有才华，人生就存在无限的可能性。

在新公司，有一天，公司高层跟大家说："下周公司就没钱了，如果还不能出新产品的话，公司会很困难。"在这紧要的关头，我的 QA（质量保证）却不能接受现在的软件质量，不愿意签名。我决定让 QA 先回家，由我把新产品发布出来。同时，我代表公司承诺在 4 周后，再给客户更新。我的想法是，虽然这么做在工程质量管制方面是不及格的，但为了全公司员工的饭碗，也为了客户的利益，我只能违背原则，得罪 QA。我做这个决定后，并不后悔。

这件事使我认识到，自己除了在技术方面有才华，在管理方面也挺有才华的。我是一个懂得变通的人，能够均衡各方的利益，我做出的决定，能照顾到各方的利益，让各方都满意。

2000 年初，我们公司被一家科技公司收购，同年我也跳槽到另一家公司，结束了我在电影特技软件行业 10 年的历程。

那时候，我在思考，互联网的"创新风暴"已经到来，未来 10 年，将会怎么发展？直觉告诉我："未来，不应该是台式计算机的天下，而应该是小型设备的崛起时代。"有了这样的想法，机缘巧合下，我又进入了小型机领域。我职业生涯第一家公司的老上级，希望我加入当时他所在的一家做互联网动画技术的公司，把 Flash 的动漫技术移植到智能小设备里，我欣然答应了。

未来可能产生的风险，让我举棋不定，很难做决定，导致我的精神时不时就崩溃。我当时问了副总裁很多，但是都没什么作用。后来，某一天，我想通了。我想，如果我做的决定让整个团队的业务失败，这是最坏的结果，那么，我还能做什么？我妹妹在澳门有琴行，我可以回澳门帮忙，教钢琴、教声乐、做指挥都可以。这些虽然不怎么赚钱，但是也可以糊口。这样，最坏的结果我都可以接受，还有什么是无法面对的呢？于是，我的勇气就来了，我不再畏首畏尾，相信我的经验，带领团队去做一些创新的事情。

我发现，只要自己有才华，人生就有无数的可能性。

我始终觉得，人生有两个节点很重要。第一个节点是：搞清楚自己的天赋，这样你就知道自己在哪个领域可能做到最好。第二个节点是：想明白自己应该做什么。当你明白整个行业未来的趋势时，你就知道自己做什么事情是最有价值的。

未必人人都是天才，但是，人人都可以才华横溢，只要找到自己准确的人生定位，在适当的位置上，人人就都可以发光。

第43章

川流不息的世界，永远不要停下前进的脚步

人生永远也没有停下来的一刻。

人生没有终点，没有预设的里程碑，没有赢了以后就可以停下来的道理。

只要生命不息，奋斗就不会停止。

2005 年，因为公司的业务进展迅猛，我们被最大的竞争对手——世界 500 强企业 Adobe——高度关注。经过多轮谈判，我们公司最终被 Adobe 收购了。被这样的国际级大公司收购，管理层自然会有大的变动。作为当时留下来的唯一的高层，我心里知道，之所以把我留下，为的就是做好公司之间的过渡交接，估计半年之后就会让我离开了。

人生不可能全是华彩乐章，也有乌云，我们要坚持到底，熬过阴暗，就会见到阳光。

人生，要积极主动，要么你主动地往前走，要么你被时代推着往前走。所以，我始终选择主动，积极主动是强者的姿态，逃避与被动只会沦为弱者。

当时，公司把我管理的团队都撤走，没有团队，我知道我只有半年时间证明我的价值。为了有机会证明自己的价值，我跟新的管理层提要求：①让我有特权参与高层策略会议，这样一来，可以让我所管理的部下看到我得到公

司的重视，以此平定军心，稳住基本盘；② 让我有个好听的职位名称：特别项目总裁，保持神秘感与权威感，让我在员工中间更有感召力；③ 给我自由决策权和出差的经费，让我可以寻找新的方向。

彼时，我经常出差去日本、韩国等地开拓市场。随着业务越来越多，公司就划定了三个移动方案战略地区，而我就被派到亚洲管理亚太地区的移动技术板块业务。2007年我来到北京就任新的岗位，这个岗位让我在管理上有了新的想法，因为第一次走进一线，对于自己开发的产品有更深层的了解，对客户的需求也更有同理心，这也奠定了我之后创业的一些基础和根基。

人生，有时候选择只有两个，即前进或后退。还有别的选择吗？没有！就算你想躺平，总有一天命运也会推着你前进，被命运所驱使，那将是更痛苦的事。所以，积极主动才能让自己更有力量。这个世界没有谁可以赢了以后就停下来休息，只有不停地往前走，才能实现梦想。

人才一代又一代，世界不缺乏人才，缺的是坚持下去的勇气与信心。止步不前的人，不是输给他人，也不是输给世界，而是输给自己。止步不前会让你与世界脱钩，你接受不了新事物，你的理念也太陈旧，怎么可能不败呢？

因为工作，我经常有机会被邀请到一些高峰论坛发表意见。有一次，在一个移动手机的高峰论坛上，有人问我对于触屏手机的前景怎么看，当时，我们的大客户诺基亚和摩托罗拉都在发布一些有全键盘的智能手机，而且，当时人们不看手机也可以用按键输入短信，在这样的情况下，如果都改成触屏，人们就要被逼着看手机荧幕输入，所以，

152

第七篇 梦想不休不止，脚步永不停歇

我对触屏手机的前景表示并不乐观。结果，苹果几年后的崛起就让我打脸，所以，从此以后，我都不敢以传统和现在趋势来推算以后技术的发展，有时候，突破传统才是未来，而非继承传统。

对于未来，就是要不断突破传统，永远向新。

在川流不息的世界，永远不要停下前进的脚步。永不停歇的步伐，会带我到任何想去的远方。

第44章

突破平庸是卓越，突破极限无极限

打工是劣中选优，是从平庸者中找出卓越者；成功是优中选优，是从卓越者中选出最优者。

人生最怕的不是打工，而是打工者心态，习惯了与平庸者做比较的优越感。人生，一定要警惕平庸。

人不可能靠打工发家致富。打工只是一个过程，不是结果，更不是目的。即便你毕业于知名大学，进了家顶尖公司，一小时能赚几千美元，但等你将开支计算在内，最后能赚到三分之一就已经很好了。所以贩卖自己的时间，时间会变得特别不值钱。

贩卖自己的时间不会使你获得成功，只有不停地成长，才有成功的希望。打工是在平庸者中寻找卓越者，而成功是从卓越者中寻找更卓越者。从一众矮子中寻找高个子，和从一众高个子中寻找"巨人"，是两个完全不同的概念。

因为2007年美国次贷危机引发持续的金融风暴，在2008年夏，我们总公司已经透露大批量裁员的计划。记得在2008年12月3日，当时我身在韩国，总公司给我来电，告知了相关信息，要求当天解雇所有员工。我花了4~5个小时打电话，把所有属于我的员工都解雇了。下午3点左右我打电话给总公司，汇报所有事情。然后我问总公司：

"交代给我的所有事情都办妥了，现在是轮到我自己了吗？"对方说："是的！"就这样，我也把我自己解雇了。

心里有一种失落感，自己为之奋斗这么久的一个事业一夜之间戛然而止了。但是，这也结束了我的打工生涯。

幸好我在多年前，参加第一份工作的时候，那时公司倒闭，我就领悟到，打工永远不是最安全的职业，你自己的履历、经验和能力才是你的价值，才是你可以在社会立于不败之地的资本，才是你自己的安全线。世界千变万化，没有哪一个位子是绝对安全的，不断前进，不断超前，才是不变的真理。

虽然我不能改变世界，但我可以改变我自己，用自己的改变去适应与对抗世界的改变。

托尔斯泰说："世界上只有两种人：一种是观望者，一种是行动者。"

大多数人都想改变这个世界，但很少有人想改变自己。想改变世界的人，最后会心灰意冷，一事无成；想改变自己的人，才是真正的行动派。一切的改变，都是从观念开始的，学会适应变化，并尝试自动创造变化，在不断变化中寻找成功机会。

公司大裁员这件事有个小插曲，当时，我对公司要求立刻关闭所有账户，觉得是有点过分的。公司太谨慎，也缺乏人情味。这件事给我一个启发，就是在公司管理方面，要有人情味，就算面临再大的困难，也不要忘了同事之情，人性化管理才是未来的趋势。

有人认为人性化管理就是员工福利，其实不全对。人性化管理是为员工提供成长空间，这样一来，就算公司倒闭了，每一位员工依然可以继续发展。公司不仅仅是员工用劳动换报酬的地方，更是他们用时间换成长的地方，进公司时可能是职场小白，但出公司那一刻已经成长为行业大咖，这才是真正的人性化管理。

很多人误以为人性化管理就是要创造宽松、自由和开放的工作环境，并以微软、谷歌等一些IT类企业的时髦做法说事。在这些企业里，员工可以穿休闲服上班，办公室如欢乐世界或游乐园般美好，上班时间还可以带上心爱的宠物……这些宽松的工作氛围，让千千万万的金领、白领们羡慕着。但实际上，工作本身、工作环境本身都不是最重要的，最重要的是通过工作，员工有没有成长。

面对危机，我们有没有一种底气，能否临危不乱？这就要靠自己的能力说话，那些始终在成长的人，面对任何危机，都毫无惧色，因为危机对于有能力的人来说，就是另一种机会。

面对危机，也许很多人会忧愁、烦恼，压力巨大，很多人还会一蹶不振。所谓危机，就意味着危中有机，只要能够克服危机带来的恐惧心理，振作精神，冷静思考，大胆抓住危机中难得的机遇、机会，就有可能在未来收获超乎寻常的回报。

公司大裁员之后，考虑再三，我决定留在北京尝试创业。但是，44岁的我知道，要创业必须等待时机，不能出现一个机会就投身进去。我给自己一年时间去探索。当时稍微肥胖的我决定锻炼自己的体魄，人生就是这样，只要积极主动地生活，做任何事都会收获满满。

人们常说只有摆脱了困境之后，心情才会好起来，但

第七篇 梦想不休不止，脚步永不停歇

是，实际上只有心情与状态变好了，才能摆脱困境，走向成功。通过锻炼可以带来积极情绪，从而让人去做更多积极行为，从而奠定自己成功的基石。

锻炼的是身体，改变的是精神，收获的是未来。

第45章
翩翩起舞的日子，才不会辜负璀璨绽放的生命

我有一个"艺名"，叫作"骨头"。"骨头"是我舞伴帮我起的，很有趣，也契合我的心意，我对于舞蹈与艺术的爱，确实是刻骨铭心的。

我不羡慕舞池里的光芒四射，我只钟情于舞池里的活力四射，舞蹈本质上是生命活力的彰显。在热情的舞步中，人与城市共舞、人与世界共舞、人与时代共舞，在舞动中，仿佛一个新世界的大门正徐徐向我敞开，优雅至极，美好至极，舞起来，就能点亮人生。

2009年5月，当我被带到三里屯的一家拉丁酒吧时，我与艺术再度结缘。艺术对于我来说，是一生的爱好与追求。我在这里看到了一种古巴舞蹈，叫萨尔萨舞。古巴人热情奔放，他们跳这种舞蹈显得激情洋溢。

那时的我，还从来没有正式上过舞蹈课。当天，我上完第一节舞蹈扫盲课，就对舞蹈产生了浓厚的兴趣，就像在沙漠里看到绿洲一样。人的生命力，是需要不断被启动的，艺术就是生命的催化剂，也是活力的源泉。

我学习舞蹈不到一年时间，就有一个表演机会，这进一步增强了我学习舞蹈的信心。3年后，我有机会去香港参加比赛。那时候，我就已经有一个念头：在世界锦标赛

拿到一枚奖牌。

2014 年回到美国后，因为拿锦标赛奖牌的这个梦想，我开始寻找老师。我要寻找一个在世界级舞蹈赛事中拿过奖杯，而且能训练学生也拿到奖杯的教练，我相信名师才能出高徒。因为只有这些世界级的教练才知道怎样去赢得世界级的赛事。后来，我终于找到这样的好老师，我的舞技很快达到炉火纯青、行云流水的地步。

之后几年，我陆续参加了一些赛事，2015 年参赛得到亚军，2016 年参赛终于得到了冠军，实现了我拿冠军的梦想。拿奖牌对于我来说好像是非常轻松的事情，但是，这背后付出了多少努力，只有我与我的恩师知道。这个夺冠的经历，让我领会到，当你站在世界顶尖的位置时，你看问题的角度、深度、广度都会完全不同。

要夺得冠军，达到世界顶尖水平，要具备四个元素：第一个元素，你必须热爱。第二个元素，有了激情之后，要能沉下心来，不断努力。我记得为了一个 90 秒的参赛舞蹈，我每天都练几小时，因为有些动作，需要的是肌肉记忆，就算再有天赋，努力也是少不了的，刻意练习的作用是不能用天赋来替代的。第三个元素，教练很重要。自己探索要花很长时间，有高人指点，一两句话，就能切中要害，就能解决大问题，少走很多弯路。第四个元素，就是策略。中学时，我选择参加三级跳比赛，而不是参加竞争激烈的百米短跑，同样，我跳舞比赛选择年长男生独舞，而不是跟年轻人比双人舞。任何比赛，都是一种竞技，要知道自己的优势在哪，这样，才能让目标更接近实际，更有赢的机会。

159

舞蹈是我的爱好，经过我长久的努力后，也逐渐成为我的骄傲。舞蹈之美，在于舞者将自己的灵魂注入作品，同时，也在于与观众情感相融，用艺术的力量感动人心。做一个旁若无人的、用心翩翩起舞的舞者。我是舞池的主角，也是人生的主角。

艺术是高雅的，是生活的升华，是生命的绽放，是精彩人生释放出来的耀眼光芒。

第七篇 梦想不休不止，脚步永不停歇

第46章

创业的华彩乐章，每个乐章都拥有震撼人心的力量

第一乐章：抉择

2009 年，我开始创业。多年的积累，让我在创业的这一年有了很多选择的机会。那时，我考虑过几个机会。一个是台湾的旧同事向我招手，让我做公司的 CEO，而他们则负责技术部门的管理。他们非常有诚意，所以，为了这件事，我还跑去台湾跟他们商讨。后来，回北京后，我得到消息，知道他们各自都找到了全职工作，让我当这个 CEO，是为了让我全职管理公司，而对于新公司的经营，他们只想兼职一点技术方面的事务。这样一来，我是负全责的，而他们的参与度是比较低的。考虑再三，我觉得这样的模式不容易成功，就拒绝了这个机会。当伙伴们不愿意全职、不能全力投入、不能同心创业时，这个公司是没法做的。

寻找自己的正确方向，需要丰富的经验与冷静的思考，还有做决策时的魄力；遵循自己内心的声音，而不是人云亦云。创业，是对市场有清晰的把握，同时，也是对自己的忠诚，听从理性的分析。

161

第二乐章：放弃

之后，一个在北京发展的美国女模特联系我，希望我跟她合伙创立一家新公司。她打算让我做商业计划，然后进行融资。我觉得这个模式不错，很快帮她做了一个商业计划书，其中谈到怎么融资、怎么分配股份。她看了我的商业计划书，就说创办这家公司她没有打算让出股份，也不准备将来把公司卖出去，融资的性质其实就是募捐的方式，就是靠她的名气，吸引大家捐钱给她做事情。我觉得她这种想法虽然不错，但是也很天真。现在，10多年过去，她还是经营她的"一人公司"。当初我就觉得她的商业模式不会盈利，利益要分享出去，才会有好的发展前景。现在大部分时间，这位女模特都是靠接拍电视剧过日子，所以，当时我果断退出她的项目，也是一个非常正确的决定，所谓"道不同，不相为谋"，这是一条真理。

创业路上，有一种"得到"叫作"放弃"。

第三乐章：横空出世

2009年底，过去参与制作《星球大战》影片的公司老板向我抛来橄榄枝。当初，我们分开后，他去了微软发展，后来，因为微软重组，他重新走了出来。之后，他结识了一个本地设计师及一个在微软工作的项目经理，大家一拍即合，就一起在北京成立了红辣椒（Red Safi）软件外包公司。这家公司刚刚成立，最缺的是优秀人才，他们让我管理技术部门，利用优秀而成本较低的中国工程师完成一些高价值的美国大公司项目。

当时，我们起码开了一个多月的会议，在公司结构、股份分配、工作角色和投票权等方面，都做了一轮又一轮的讨论。大家都知道，钱多、股份多的情况下，不一定要投票权，也一样可以有很高的收益。但由于我与设计师是执行层面的，在决策权方面，我们肯定是比间接参与管理的投资者更清楚的，所以，当时我们费了很多唇舌才把投票权平分给每个股东。我们的投票权分配，不是按照投资的数目，而是按照管理的需要来进行分配。

创业要从天时、地利、人和多个方面进行准备。"天时"就是我们的业务必须是现在需要的，而且是正处于风口、趋势上的；"地利"就是我们现在的一些市场情况、大环境、资源等等。"天时"决定了这件事有没有价值，"地利"决定了我们能走多远，而"人和"则决定了我们能不能干成这件事。"人和"指的是我们每个人自身有什么优势，以及我们团队有什么优势，三者同时具备，才能使事业尽快走向成功。

创业，不能等万事俱备才出发，一切有利条件的获得，都将在创业路上完成。

第四乐章：冲上巅峰

当时苹果 iPhone 触屏手机正好带动新的趋势，所以，我们公司一诞生，就幸运地处于风口之上。当时，美国各大公司都需要在智能手机上建立 App，所以，我们公司的

163

业务应用前景非常广阔。当我第一次被要求做苹果手机上的 App 的时候，客户问有没有人会做，我就很肯定地说有，这样我们就接了第一单。事实上，我们是没有经验的。这也让我想起比尔·盖茨当时跟 IBM 说，他有一个计算机软件操作系统，然后，比尔·盖茨先跟 IBM 签约后，才去找到写 DOS 的软件工程师，高价买下他的软件，这个软件就成为微软的第一个操作系统。其实，我们的情形跟比尔·盖茨是一样的，创业就是要先把事情做起来，才去寻求解决方案。

红辣椒公司始终坚定不移地朝着既定的愿景稳步前进。旗下业务在波谲云诡、瞬息万变、机遇与挑战并存的大环境下始终保持快速稳步的发展。"远见、卓越"构成红辣椒公司专业化运营的核心。

创业，就是一群追光者，成就一家伟大的公司。远见、卓越领跑行业，也领跑时代。

第47章

拥有学习力，在这个时代才拥有终极竞争力

我们都对"知识改变命运"耳熟能详，然而，改变命运的不再是知识的数量，而是认知的深度。认知不同，境界就不同，眼界就不同，最后，结果也就完全不同。

我记得，在2012年初，一个主要客户的突然撤单，给我们公司带来很大的影响。因为客户撤单，我们刚刚招聘的10个工程师，面临工作不饱和的问题，他们一下子变得无事可做，但是工资得照发。财务推算如果不能尽快拿到新单子，我们可能在4周后，就会出现财务问题。我们几个高管果断实施了公司创立以来的第一次裁员。按照公司的决定，我的目标是裁掉8个人，留下2个人完成剩下的项目。根据过往企业管理的经验，我果断地裁掉了5个人，然后我推算有3个人会自己离开。我的裁员计划进行得很顺利。剩下的2个人，我做了很好的人力资源管理，设置了一些新的激励机制，用很诱人的"完工奖金"让他们留下来奋力完成项目。

之后，我们公司改变了经营方向。因为微软Xbox需要技术团队协助，支持商家对他们平台的开发和验证工程。基于这样的新需求，我转头就重新招聘6位新的微软系统工程师，短期内凭着优异的管理和研发技术，成为微软头

165

三名的推荐商家，也因此受到某些公司的关注，让公司的业务得到不断拓展，合作的客户越来越多。

我觉得，人要有自己的核心竞争力，就要不断学习，甚至要跳出专业限制，让自己由专才向全才方向发展。高效地学习，一定要学习与解决某一类问题相关的所有核心能力。如果一个技术人员只会写代码，这是远远不够的。要让自己有更全面的能力，有更大的舞台，就必须突破专业限制。这个世界并不是按照你划分的标签单独运行的，软件不会是单独的软件，它是市场环境、社会文化下的软件，所以，软件之外的知识也要学习。又比如，一个市场营销的问题，背后往往涉及法律、政治、历史和文化的因素，专精于一个领域，并广泛学习周边的知识，才能使自己渐渐成为一个全能型人才。要让自己有竞争力，除了具备高超的技术外，你要学好产品、价格、管道、营销、市场细分等概念，不必学得太深入，但要大概知道这些系统知识，尤其是管理层，更应该涉猎更广泛的知识领域。

在公司的经营过程中，我学到了一些创业管理方面的知识。老板必须身体力行，很多经营环节都要过问，有些事可以指导、监督，而有些重要的事就要亲力亲为。比如，我发现财务喜欢买假发票去抵税，当我发现这一点时，我有些惊讶。在我的观念里，公司赚钱就该交税，结果，财务居然说她认为交税是不应该的，可以合理避税。但是，我觉得不能只看短期的利益，应该看长远些，正规经营才能长久收益。因为我发现了公司财务的问题，所以后来每一季度的账我都看得紧紧的，生怕出什么问题。又比如有个架构师，我把一个项目交给他，以我过去的经验，我认为必须把很多方面都考虑进去，不然以后会出问题，我考虑得很多，也很全面。但是，项目到架构师手上，他就不会考虑得那么全面。出货的时候，我问他为何没有把一些关键因素考虑进去，他说他真心觉得我说的那些在他看来都太多余，没有必要。有时候，人都是要撞了南墙之后，才知道自己错得有多离谱。

在职场中，我们要打破习惯性思维，不要认为别人是这么做的，过去是这么做的，所以，我们现在也这么做。这是不对的，这样不仅不能体现我们存在的价值，而且，也会让事业出现各种问题。这时候，我们的习惯性思维就是因为不学习导致的。人都有惰性，习惯了一些做法，就很难去改变。但是，如果一个人学习力很强，他就会成为一个拥抱变化、善于改变的人，他也将成为一个更容易成功的人。

那么，怎样才能打破这种习惯性思维呢？答案是：建立成长型思维。什么是成长型思维呢？成长型思维是，当我们遇到新观点或者不同意见时，第一反应是这是一次思想碰撞的机会，是一次难得的成长机会，而不是排斥新观念。

我们公司有个非常优秀的技术经理，他才30岁出头，却已经接受不了新鲜事物。当时，QQ、Facebook（现改名为"Meta"）是非常流行的社交软件，我让他好好钻研这些新平台，他却对我说，这些都是年轻人玩的，我这些年纪大的人不喜欢。当时，我就愣住了，身为一个技术主管，必须心存一份童心与好奇心，才能跟上潮流，才能理解客户心理，我们开发的产品才能同步社会，跟上时代。我比

167

他大 15 岁，我还在努力适应着各种新事物、新平台，我也奉劝各位想成功的人士，必须打开怀抱接受和适应新事物。

作为公司的老板或管理层，除了要有一个开放的心态、善于接受新鲜事物外，还必须自律、内省，不仅要做到每天不迟到，遵守规章，而且要带头学习，带头成长。我有个朋友投钱开餐馆，她自己不太懂，就由她亲戚管理，她太信任自己的亲戚，但是她的亲戚也不懂管理，且对市场也不了解，结果，她欠了很多税款，导致她因要承担责任而破产了。

作为管理层，善于反思是一种重要的技能。反思不是简单的总结，而是不断复盘、洞察、内省。总结是对结果的好坏进行分析，而反思是对产生结果的原因进行分析。知其然，也要知其所以然，这才是管理层要做的事情。我们成功了，为什么能成功？下次还能不能成功？这些都要想清楚。底层逻辑搞清楚了，比做成一两件事更重要。风起云涌的新科技革命和新经济的产生，迅速替代或淘汰传统产业，这是一个大趋势！这是一个知识大爆炸的时代，更是一个瞬息万变的时代，没有学习力，就等于没有竞争力，就不能避免被淘汰的命运。

第48章
人生有不期而遇的挫折，更有生生不息的希望

幸福，因为爱！成功，为了守护爱！

我时常想："此时此刻的我，是不是10年前期待的样子？"这么多年来，我始终在不断成长，不断蜕变，热爱生活的人、追求卓越的人，无论遇到多少挫折，都会将自己的生命变得更加丰盈。

柏拉图说："无论你从什么时候开始，重要的是开始后就不要停止。无论你从什么时候结束，重要的是结束后就不要悔恨。"

渴望幸福，渴望成功，是我们不断前行的动力。关于幸福，我们都有自己的定义，但家庭幸福与事业成功，是我们人生追求的两个主方向。2013年，由于妈妈的病情，我对家庭幸福的追求遭遇挫折，2014年，由于事业的变故，我又面临转型的处境。人生总是面临不期而遇的挫折，但是，只要我们坚定信心，人生更会有生生不息的希望。

人生路上，我们会经历挫折、失望、悲伤，但是，正因为经历过这些低谷，才更能体会幸福与成功的甜蜜。

因为有所期待，我们才会有前进的动力，因为足够努力，一切才会变得充满希望。因为有爱，才会有期待，每一次的改变，都让我们更加接近幸福与成功。

人生充满无常，在得到幸福与成功之前，总会面临一些不期而遇的挫折。

2013 年，是另一轮苦难的开始，我的母亲可能因为我爸生病后她独自支撑整个家的那段艰苦岁月熬坏了身子，积劳成疾。但是，她一直以来都非常注意养生，每天游泳，只是身体出状况后，她需要定期吃药。有一次暑假，她带着亲戚去三亚旅行，碰到台风，需要多留 3 天，但她的药带少了，因为缺药，导致脑血栓，她因此中风瘫痪了。当时，因为在一个岛上，没有民航机，我只好包了一架医用飞机，花了 40 万元，把她送回澳门看病。到现在，10 年过去了，母亲还是不能说话，不能自己移动，需要全天候的照顾。我记得，那时候，为了给母亲治病，每到周五下班，我就乘飞机从北京飞到澳门去照顾母亲，周一早上再从澳门飞回北京工作，直到她一年后出院回家。可能也是因为身心疲惫，我后来决定卖了公司回美国发展。

也许很多人会问：澳门医疗不是免费的吗？其实，政府津贴都是有上限的，当你超过了这个上限，很多事情，除了靠自己，谁也靠不住。我母亲在公立医院治疗 2 个月后，医生居然跟我们说，你们母亲的病没法医治。他们告诉我，以他们的经验，我母亲不会活得太长，让我们领她出院。这对我们来说，简直是晴天霹雳。当时，我跟妹妹商量，私立医院肯定是愿意收治的，只是医疗费用肯定不会低，而且需要长期支出。我母亲听了后，看着我，当时，我看出她的意思，但是，我们不可能同意她要离去的意愿。她曾经照顾中风的丈夫 10 多年，她知道会发生什么事情，她的眼神告诉我不要花钱了，就让她走吧。我看着她说，我们爱你，会尽全力帮你，不会让你走的。每次我听到有人不负责任地说，死了算了，不会拖累后人，我都会觉得这句话是最自私的一句话，不是出自爱。如果你真的爱你的后人，就应该买好保险，让后人不会因为你而受苦，要知道，除非你的儿女恨你，爱你的人必定不会放弃你。可能这些经历是导致我回美国后致力于做保险理财事业的动力吧。

不管遇到什么样的困难，出现多少伤心难过的事情，我们的内心一定要心存希望。有了对未来的期许，我们就能一往无前。

选择正确的做法，而不是最舒适的做法；选择信任自己，而非怀疑自己；选择去爱，而非抱怨。时刻让自己充满正能量，是我们能度过人生一切低谷的密钥。

有时努力了很久，却没有换来想要的结果，此时，内心天翻地覆，但脸上还是要保持微笑，做个不动声色的大人。只要时刻努力学习与成长，遇到困难就不会措手不及。人生可能会有突然的转向，却永远不会停下前进的步伐。

2014年底，因为国内连续几年的通胀，工程师基本被大公司高价挖走。我们公司培养出来的人才，被各大公司虎视眈眈。这些大公司，都以双倍以上的工资诱惑他们跳槽，人才危机特别严重。如果大量流失人才，在这样的环境下，我们公司很可能转盈为亏，接下来，我们公司要么从北京搬到二线城市，降低经营成本，要么开发新的爆款产品，以产品的火爆来度过危机，但是，要开发新的爆款产品，就需要大量资金。还有一个选项就是关闭业务，把公司卖出去，凭借公司曾经的辉煌寻找适宜的买家。

当时，股东们各抒己见，讨论了很久都没有达成共识。此时，我们的投票机制派上了用场。对于我们管理团队来说，在这样的转折点，最关注的是如何安排员工，所以，我们希望能有个公司把我们买下来，保证员工能继续工作。因为我们曾经非常出色地服务过微软和苹果这样的大公司，强大的实力引起行业关注，而有一家很大的外包公司正想进军微软业务，所以，顺理成章地把我们公司收购了。公司被收购后，唯一不能留下的就是我，因为他们认为他们有很强大的技术管理人员，不需要我。所以，我当时就卖掉了股份，成功变现，回到美国。这样的结果，还算不错，至少也算是对我们的员工有一个最佳的安排。

凡是过往，皆为序章；凡是未来，皆可期待。

人这一生总是需要往前走，才能够让苦难与失败不断往后退，也只有不断向前看，才能够看到人生的希望。如果我们总是沉溺于过去，看到的只是过去的成就。停下脚步，就会与新的希望失之交臂，深陷于现实的泥潭之中。

每一个人都想要一个完美、顺利的人生，小成功需要顺利，大成功需要挫折与苦难，因为唯有挫折与苦难能使我们变得更加强大！人生需要不断转变，在转变中才有更大的机会！

2015 年初，我对于 Metaverse 已经有所关注，用了半年时间进行了一些研究和分析，做了一个报告，结论是 Metaverse 的技术基本成熟，但是商业模式和内容投放还不是时候，因为还需要把硬件和平台普及化后，才能得到生态链的支持。那时候，我预估，Metaverse 的崛起大概要在 5 年后才会开始，结果 2020 年因为疫情原因有些拖延。我们看到 Facebook 很快改名为 Meta 并专注于 Metaverse 的开发，Intel 全力以赴在硬件配合下做了很多创新，苹果宣布推出轰动全球的 Vision Pro 眼罩，这些事情印证了我对技术发展的预测，我所判断的未来趋势，基本方向是准确的。

不放弃梦想，变不可能为可能，广袤的世界，心怀希望，坚定地重新启航。

当我们遇到困难的时候，一定要往前看，以终为始，自己要做自己的"摆渡人"。

第49章
选择有爆发力的行业，是成功的秘诀

有些行业似乎一直以来都是风口，因为市场需求永远都在，而且需求量巨大。

有些行业正处于黄金期，其强大的发展潜力正积聚爆发力，我们进入这些行业，就等于站在了风口之上，就能享受到发展红利。

人生无常，需要一份保障，这是我一直以来的观念，也是我与保险行业结缘的基础。

保险不是用来改变生活的，而是防止幸福生活被动改变。

我们常说"未雨绸缪"，这就是保险的意义。而更多时候，保险是为了"居安思危"。

2015年，偶然的机遇，在一位老同事的介绍下，我进入了保险行业。经过努力，短短1个月，我就考到了保险行业的执照，同时我把所有的基本训练课程都上了一遍，这让我对保险行业有了全面的认知。从我亲身体验来说，我认为学习最快的方法就是去教课，就是用"输出"倒逼"输入"，不断地输出知识，也是对自己所学到的知识的巩固、强化。因为有了这样深层次的认知，在第2个月听课的时候，我就开始关注讲师是怎么教课的。教课的过程其实是对知识系统化的解构，通过听课，我学习到讲师的逻

辑语术等各种细节，在第3个月，我就自告奋勇地开始讲课了。果然不出所料，短短的半年时间，我就从入行之初的"行业小白"一下子成为公司里的"金牌讲师"。

多年的职场打拼训练了我的演讲能力，我能把内在的知识经验分享给更多人，得到他们的共鸣与认同，我也能通过演讲让更多人愿意追随我去开创更宏大的事业。

在现代商业社会当中，演讲能力就是你的领导力。丘吉尔曾说，一个人可以面对多少人，就代表这个人的人生成就有多大。

长久以来，我的心里都有一个期盼，我想，既然进了保险行业，我就要热爱这一行，成为这一行的翘楚。

然而，计划永远赶不上变化。在这家公司，我经历了两件事情，这两件事给我的触动非常大，导致我在一年后就选择离开。第一件事情是，我参加了公司的大型年会，当时，这场年会有2万人参加，声势浩大。我看到，在一个有着30多年历史的大公司，已经有很多的顶尖领导在台上分享他们的经历，而台下2万多人都是我将来的竞争对手。这不是最典型的红海吗？我要在这家大公司脱颖而出的概率真是太小了。第二件事是直接让我决定离开公司的导火索。公司鼓励业绩竞赛，说达到某些业绩可以赢到一个特殊的学习机会，结果我所属的团队中只有我胜出。本来这是一件非常开心、自豪的事情，但是，当天我那个团队的领导却带了10多名没有赢得学习机会的伙伴来受训。当我质问缘由的时候，他给我的答案是因为我胜出，所以，给团队领导一些额外名额参加。这本来是我赢得的奖励，怎么反而是由领导决定谁

175

能去受训？这样的话，我不就只是他手中的一件工具而已？我因此没有任何自豪感，觉得自己被利用了。这样的激励机制与企业文化简直是管理的失败和羞耻。

入对了行，做对了事，但如果跟错了人，或进错了平台，结果往往也是不顺利的。

多年的职场生涯让我领悟到一点：选择在大多数情况下，比努力更重要。只有正确的选择，才能让每一分努力都有相应的回报！

有人会觉得，我已经很勤奋了，可为什么还是不能成功呢？与其怨天尤人、自艾自怜，不如正视自己，审视自己的选择是否正确，自己的方向是否正确，因为这些才是成功与否的关键所在。

2016年，我再次做出新的选择。我接到了另一家公司的邀约，这家公司也有10多年的历史，可是，跟之前的大公司相比，它的规模小了10多倍。当我研究了这家公司的企业文化和奖励制度后，明确看到，在这两个方面，这家公司要比之前的大公司强太多了。而且，通过前期的了解，我已经看到如果我入职这家公司，可以有机会在这个规模不大的公司崭露头角。后来，我入职这家公司，为公司带来培训技能和经验。我在这家公司一年多就升到高级经理，而且在年会上获颁当年十大业绩冠军殊荣。

选择行业、选择公司、选择合作的对象，不管是平台还是人，一定要看对方的格局。还要看对方与自己的匹配度高不高，更要看能不能同频共振。

星空没有落幕，它会在未来继续造梦。梦想永不落幕，它会在人生路上继续发光。

第50章
完美人生的三大标准：健康、财富、幸福

　　完美人生的三大标准是健康、财富、幸福。什么对我们是最重要的？现在，大多数人都认为健康是最重要的，因为健康是对一个人影响最大的因素。互联网上有人用这样一组数字"100000000000"来比喻人的一生。这是一串很神奇的数字，这里的"1"代表健康，而"1"后边的"0"分别代表生命中的事业、金钱、地位、权力、房子、车子、家庭、爱情、孩子等等。只有拥有健康，其他一切才会有意义。如果失去健康，其他一切都将清零。

　　我曾经因为工作与自身的原因而生病。我在公司发现很多关于我的闲言碎语，一些对我不利的谣言，加上我的身体状况开始出现问题，心脏开始出现心律不齐，有的时候很容易就会晕眩，因此，我感觉身心疲惫。

　　发现心脏的问题后，在2019年夏，我做了手术，手术还算顺利。因为父母亲的经历，我知道健康保障是非常重要的，所以在入行之前我就已经有很强的保险意识，入行后我更加强化了这方面的观念，于是，走进手术台之前，我就已经买了保险。微创手术后，虽然康复很快，但是手术毕竟让人元气大伤，我的体力和精神都不比以前。

　　我在康复大半年后，刚好碰到了新冠疫情，被封在家

177

里好一段日子，在这样的情况下，很多人可能就什么都不做，虚度光阴。可是，以我的性格，是不可能接受躺平的。短短的半年时间，我花了1万多美金，在网上报读了金融理财师，仅以一次考试就拿下了CFP ©的证书，我乘胜追击，一口气拿下另外三个证书：CLU ©、ChFC ©、CFEd ©。

学了理财，我理解了投资理财的真正意义：人在休息，钱在生钱，富者越富。

现在的年轻人"月光族"居多，他们没有投资理财、让钱生钱的意识，只能靠出卖时间来赚钱，这并非长久之计。一个人要让自己的人生幸福，就要向着"财务自由"的方向努力，而投资理财是通往"财务自由"最短的路径。

因为经历了全球性的疫情，我对自己的人生有了新的思考，又因为进修、因为学习，我觉得自己更加有底气，对未来更加有信心，我需要一个更大的平台去施展我自己。恰好现任公司的一位领导跟我讨论起创立新公司的理念，他需要我的专业培训能力，想用理财教育的理念培育优秀、专业的创业人士。我觉得，这是一个非常好的机会，可以把我学到的理财知识融合进工作，也融合进公司的发展之中。后来，我入职这家公司，经人介绍认识了另一位出色的伙伴，发觉他也有一些非常具有前瞻性的市场策略，但是，需要做技术开发去落实这些策略。理念在他脑海里已经好几年，但是没有人可以帮他实现。我就说："让我试试看！"简简单单的一句话，让我与他形成完美的合作关系。

很多人或许会觉得理财是有钱人做的事情，我们普通人与投资理财没有关系，其实，这是错误的观念，不是因为有钱了才去投资理财，而是因为投资理财了，才有钱，才能真正实现财务自由。

第51章
逆光而来，逐梦前行，我对未来的几点思考

创业，什么时候开始都不晚！最重要的是：开始。

打工，有时候是让别人来决定自己的命运，而创业，是自己决定自己的命运。

许多创业者都是在一无所有的情况下萌发创业念头的，一个人的初心与对未来的憧憬，是非常重要的，心中有了梦想，通往未来的路会越来越清晰。

创业与自己的经历、知识、能力、经验都有关，也与自己的天赋和兴趣相关。一个热衷创业的人，往往也是热爱工作的。有时候我会想：我的兴趣就是工作，我要在工作中寻找成就感。你的兴趣是什么？如果是吃喝玩乐，那你就要好好反省一下：自己适不适合创业？因为创业并不是只有鲜花和掌声，那些是创业成功之后才能拥有的，创业过程中，更多的是持续付出，是咬牙坚持甚至是流汗流血。

智能时代已经来临，科技发展的速度越来越快。在外部环境变化无比神速的情况下，除了企业的营运模式必须随着市场环境变化有所调整之外，企业管理者的心态与思维模式更要跟着时代改变。没有绝对正确的理念，能够实时适应市场变化的理念，才是正确的理念。未来，企业管

理者必须具备四大管理法则：

1. 思考你的产品可以帮助哪些人解决问题。

培养自己的互联网思维，其实就是培养自己的用户思维。以用户为中心去思考问题，很多棘手的问题都将迎刃而解。一家企业拥有大量的用户，拥有用户的忠诚度与美誉度，就一定能持续成长，成为一家规模更大的企业。以用户为中心，做高质量产品和服务，是经营企业的核心要义！

2. 只要有70%的确定性便可以开始行动。

工作时，要遵循100%原则，即把要做的全部事情都做好，但是，管理者在做决策时，为了降低风险，往往会进行过多讨论，反复征求他人意见，时间一拖延，就很容易错失商机。因此，我们只要有70%的确定性，就可以做决策。

当然，股东之间会经常争吵。股东们之所以会争吵，是因为大家都关心企业的前途命运，都把企业的事情当成自己的事情，这一点，也是我们取得成功的关键。所以，一家企业，要有带头人，也要有股东们的广泛参与，这样在经营过程中，才能做到实时纠偏，让企业始终在正确的轨道上可持续发展。

3. 没有一步到位这回事。

当今，外在环境不确定性愈来愈高，没有人有确定的答案，必须先采取行动。有时，是走一步看十步；而有时，是走一步看一步。事情往往不是一成不变的，做事的方法当然也不是一成不变的。

有些事是可以预判的，而有些事是无法预判的，比如说一些客观、随机的因素，就没办法预测，谁也不知道那些因素会不会发生，也不知道它们何时可能发生。对于一些谁也无法确知的风险，只要做好相应的应急储备，就可以减轻风险所带来的危害。产品或服务正式推出之前，做小规模前期测试，也可以起到降低风险的作用。

多做小尝试，就不会有大失误。

4. 不要用传统的财务数字衡量初创企业。

对于初创企业来说，仅从业绩财务数字来衡量企业的发展程度，是不公平的。因为企业初创时是各种资源累积的过程，比如说用户的累积、口碑的累积、技术资源的累积等，这些资源可能一时半会还做不到全面变现。一家企业的发展，离不开前期的积累，拔苗助长是没有用的。稳中求快才是企业发展最好的方式。

对于企业来说，应该以用户参与度和满意度为优先指标，而非传统财务报表上的数字。数字只展示收支方面的信息，并不能直观反映企业的发展潜力。

面对企业的发展，不要只谈营收或获利，这些衡量企业成长的指标是不全面的。企业未来发展的主要指标是什么？是用户数量、忠诚度、美誉度。

后　记

过往已往，未来已来。凡是过往，皆为序章。

一路走来，一路成长，立于风口，创造传奇。从零开始做到今天，虽然这一路走得有点辛苦，但是很值得。

新征程上，即使乱云飞渡、风吹浪打，我们也要追光而行，以梦为马，奋斗不息。

你还记得小时候的梦想吗？

有的人会说："我小时候的理想是当一名小学教师。教师是一根蜡烛，燃烧自己，照亮别人；教师是一位辛勤的园丁，守护着祖国的花朵；教师是春蚕，奉献自己，温暖别人；教师是一根粉笔，牺牲自己，留下知识……"

有的人会说："我小时候的理想是成为一名科学家，探索未知世界，用科技造福全人类……"

有的人会说："我小时候立志要成为一位音乐家，让自己的歌声传遍五大洲、四大洋，去温暖每个人的心灵……"

一人有一个梦想，一人有一个世界。

梦想，是世界上最美好的事物！我们最初的梦想，全都实现了吗？

梦想不休不止，奋斗永不懈怠！梦想之光，奋斗之力，永远引导我们不断前进！

183

人们永远只会记住第一名，所以，追求卓越成为我的习惯。在我人生的历程中，有着无数的高光时刻，它们成为我追梦路上重要的里程碑。

有了梦想，奋斗不再与辛劳画等号。有了奋斗，梦想不再是水中月、镜中花，不再是高不可攀的空中楼阁，而成了我们手中可以徐徐铺展的壮丽画卷。一家有潜力的企业，一定是一家由梦想驱动、由奋斗成就的企业。

个人与企业的发展，其实梦想与奋斗交织的结果。

今天的时代，瞬息万变；今天的世界，融合发展。这是一个催人奋进的时代，正是创业、追梦的绝佳时机。梦想与奋斗的光芒处处闪现，我们要自己书写生命的华彩乐章，逆光而来，卓尔不群，为自己争得一席之地，也把发展的机遇带给更多人。

就让我们用激情去刷新激情，用奋斗去再创传奇吧！

梦想将告诉我们什么是远方，奋斗将告诉世人什么是巅峰！美好的未来和一个又一个巅峰，召唤着我们一路同行，心中激情满怀，眼中闪耀星光！

随笔 1：人生不存在完美算法

对我们来说，现在处在一个非常有趣的时间节点。此时此刻我们的社会在跨步向前跑，而不再是一步一步往前走。科技并不像艺术那样，追求完美，我们的生活也不是像艺术那样，精雕细琢，不完美，才是人生的本质。人生不存在完美的算法，也不存在完美的结果。没有什么一劳永逸的事，只有不懈追求，才能拥有更美好的未来！

很多人会发现我们的人生似乎找不到完美的算法，而且，似乎也不需要完美的算法，因为每个人的人生答案并不相同。只要我们积极生活，未来的一切就将会是我们想要的。成为更好的自己，而不是与所有人比较。

我们终其一生所追求的生活，也许并不是我们的最终目的，相反，这一过程，才是我们真正的人生。成功的喜悦与失败的忧愁，都是我们人生中无比珍贵的财富。千姿百态的世界必然匹配千差万别的人生轨迹。

我有我的精彩，你有你的精彩，这才是精彩的世界！

我们可以用完美主义的方式去做事，但却不能用完美主义的方式去做人，做事重在严谨，而做人却重在宽严相济。人生的智慧，决定了我们不必去追求人生完美的算法。在学校里我们需要标准答案，但是，走入社会后，社会不会给出标准答案，而且，也没有必要设置标准答案。最适宜自己的，就是最好的答案！

过于完美的东西，往往只存在于艺术世界，它是用来装饰生活和引导人生的，不是生活的全部。真正的生活，是一种细水长流的精彩，也是一种云卷云舒的淡然。

人生，从来不完美，各有各的追求，各有各的悲喜。人生，从来没有一帆风顺，各有各的不足，各有各的难处。人生，从来不是纯粹的喜剧，各有各的无奈，各有各的烦恼。

人生，没有完美的算法！所以，不用想着和谁比，你有你执着的追求，他有他平凡的快乐。没必要盯着别人的生活，羡慕别人的过程中，你将错失满天繁星。要想过得幸福，就要听听自己内心的声音，和自己和解比和世界和解还重要。

人生的不完美使愚者痛苦，却能使智者顿悟！

人生，从来不完美，关键看你以什么样的态度去面对。因上努力，果上随缘，就是非常旷达的人生态度。做事全力以赴，就算最终结果是不完美的，也了无遗憾。

生命只有一次，或长或短，人生只有一回，或喜或悲。谁都无法预知，每一步路都需要自己去体会！亲身经历过的一切，曾经全力以赴、全情投入，结果是什么，都不必强求，因为未来一定会善待追光而行，逐梦不息的人！

接受人生一切不完美，追求生命完美的状态，绽放的生命就是永恒的春天！

随笔 2：互联网与智能时代，
共享才能共赢

互联网时代的本质就是信息与知识的共享，智能时代的本质就是智慧与能力的共享，未来已来，未来是一个开放的时代，共享才能共赢！

共享经济蓬勃发展的浪潮下，很多人觉得共享经济是新事物，其实，互联网本身就是一种共享经济！信息与知识的共享，让数据成为核心的资源，也让数字化成为新的经济增长点。信息与土地、财产一样，是我们全体人类最为珍贵的宝藏，这一宝藏是开放性与共享性的，成为引爆经济发展的一个关键性资源。

以共享理念探讨人们生活方式的共享、融合、创新，可以创造更多的风口，与其跟随潮流，不如主动创造潮流。在共享的理念下，把越来越多人群聚集于旗下，共同创造更美好的未来。

共享理念已成为经济的新引擎，创业者一定要有共享精神，才能带动更多伙伴加入你的事业，才能吸引更多用户使用你的产品与服务！共享理念是与服务精神密不可分的，服务精神升华到共享理念，就有了更大的开放性，足

187

以吸引海量的受众，引爆经济发展！

共享理念也促进了跨界融合，"互联网+"的实质就是一种跨界融合，传统行业一旦和互联网融合，就爆发出前所未有的发展潜力。

人工智能的出现与发展，并不是一个危机，而是重大的机遇！人类的过人之处，正是人类有能力创造出比人类自身更强的工具。过去，人类创造比自己更强的武器与生产工具，未来，人类继续创造比自己思想与算力更强的人工智能。

当智慧可以通过人工智能实现共享，那么，未来不再是少数人的共赢，而是全人类的共赢！

我们不能保证自己或团队永远是全行业最优的，只有保持开放的心态，才能不断吸收新的理念、技术、管理知识，在反复的迭代过程中，我们才能变得越来越强。我们这个时代，每个人，每一个团队，身后都有一个信息与知识的宝库，它是全人类共有的精神财富，用好了你就是胜利者，忽视共享，你就有可能走向失败。

专利与知识产权有利于鼓励创新，从而推动时代的发展。从这一点上来说，专利与知识产权是另一种形式的共享，即付费共享。互联网时代，主流是免费共享，但是付费共享也是不可或缺的。世界正走向多元化，单一模式无法适应所有场景，多元、开放、共享、融合，是我们这个时代显著的基本特征。

人类社会的发展，本质上是从小协作走向大合作，而大合作的时代，必然需要共享理念保驾护航。共享理念并非仅是生产工具与生活工具的共享，更有价值的共享，是信息、知识、智慧、能力等各种核心资源的共享！

共享理念让价值无限放大，也让越来越多人从中受益！

星空，是每一个人的星空；未来，是每一个人的未来！

随笔 3：等待未来，不如创造未来

有的人，他们在等待未来！而有的人，他们始终在创造未来！

创新是一个民族进步的灵魂，是一个国家兴旺发达的不竭动力，也是一个创业者永葆生机的源泉！

我们要走向一个自己想要的未来，就必须让自己时刻保持创新能力，不断创造未来，而不是被迫接受未来！创新涉及的领域非常广，各种战略、战术、策略、产品、方法、元素等等，一切的一切都可以创新。而创新的根本，就是我们自己的"起心动念"。我们要时刻觉察自己的"起心动念"有没有突破思维定式，符合不符合未来的需要。

人生并不完美，生活中的大多数事物也不完美，正是因为这些不完美，创新精神才有了用武之地！再好的产品与服务，也不能让客户百分之百满意，只有持续优化，不断提供新的产品与服务，才能让客户在不断升级的消费体验中产生满足感！

人的发展也是自我创新的过程，真正的创新，就是突破自我，突破现有的一切束缚，寻找更多的可能性。一个懂得创新的人，未来会充满无限的可能性。创新是人自我发展的基本路径。创新需要信念、积累，更需要迈出第一步的巨大勇气，做第一个吃螃蟹的人，成为引领者，而不是甘心做一个跟风者。

从辩证法的角度来看，创新是肯定与否定的综合体，在肯定中传承精华，在否定中创造新的差异性与优势，并凝聚新的发展动力。

创新是人们为了发展需要，运用已知的信息和条件，突破常规，发现或产生新颖的、独特的、有价值的新事物、新思想、新模式的活动。创新首先是思维观念上的改变，创新的本质是突破，即突破旧的思维定式、突破旧的常规定律。

世界上最难突破的是思想观念，最容易突破的也是思想观念！

只要思维与观念改变了，做法自然会跟着改变，而结果也自然会变得完全不同！

创新不容易，创新意味着改变，推陈出新的过程难免会有各种各样的阻力！改变总是需要付出一定的代价。创新意味着付出，因为惯性思维的作用，没有外力是不可能有改变的，这个外力就是创新者的付出；创新意味着风险，创新会带来更多的不确定性与机遇，是通过创造变化来改变未来！积极、勇气、睿智是创新者应该具备的基本素养。

未来需要的是创新型人才，创新型人才除了具备专业知识及技能外，还要具备什么样的个性心理特征呢？首先，要有自信，相信自己有能力改变未来；其次，要有激情，要为实现目标不懈奋斗，坚定不移直到成功；再次，要勇

191

追光者

于担负起责任，满怀希望，排除万难，最终走向成功。

创新者用新思想开创新未来！与其等待未来，不如持续创新，创造新未来！

追光录

——张思源创业语录

1. 生命有张力，追光而行，逐梦思源！

2. 梦想像光芒一样，照亮一切，让我们洞察一切，知己、知彼、知世界，赢过去、赢现在、赢未来！

3. 光不需要动力，却是宇宙最快的！内驱力强于一切外力！

4. 持续创造价值，最终会获得议价权；如果只关注收益，是无法长久的！

5. 世界有规则，思想却没有规则；战略像星辰一样远大，战术像步伐一样稳健！

6. 只要客户继续给你提意见，就证明客户对你心存期待！

7. 热信息要冷处理！没有调查就没有发言权，人人都能得到信息，冷静思考才能直达本质，进行必要的调查、分析、研究后再及时决断！

8. 张扬天赋、冷静思考、追溯本源！懂得成功，更懂得成功背后的底层逻辑！

9. 限制思想，就等于限制了未来的路！

10. 遇到问题，最佳的解决方案往往不在脑中，而在未来的路上，往前走，现在的很多问题就不成为问题！

11. 只要不放弃，人生就一直在通往成功的路上！

12. 坚强，就是能从最黑暗的角落看到最耀眼的光芒！

13. 先做人，后做事；先付出，后回报！

14. 人生张弛有度，每临大事有静气！

15. 不要让自己太忙，太忙只能证明要么能力不行，要么工作没有规划好！

16. 失败者会以为世界上所有人都是自己的敌人，成功者会认为世界上所有人都是自己的朋友！

17. 经营公司，不是小爱，而是大爱！社会责任、时代使命、未来愿景，这一切都是大爱的体现！

18. 偶尔抱怨，没什么关系！千万别让抱怨成为一种习惯！因为习惯直接与命运相关！

19. 做到知行合一的好处就是：不管你说了什么，别人都会记住，同时，不管你做了什么，别人也会记住！因为你所说与你所做是同一事物的两个方面！

20. 我想：对于我们每个人来说，"光"就是我们心中的梦想！

21. 成长型员工是公司最大的财富，躺平型员工是公司最大的负债！

22. 工作时，要时刻带着微笑；收获成功时，反而要冷静、淡然！

23. 把企业经营好就是最大的慈善，如果世界上都是伟大的公司，全世界的人都将享受社会发展带来的红利！

24. 老板不必是全公司最聪明的，也不必是能力最强的，但必须是心胸最广阔的、视野最大的、格局最大的、气度最大的!

25. 学习、学习、再学习,才能前进、前进、再前进!

26. 别轻易承诺,承诺了就要做到,人与人最好的联结纽带就是信任!

27. 用结果说话,用过程总结,用初心表达!

28. 被迫的努力,往往是无效且痛苦的!努力源自内心的需求,心中有梦,脚下才有路!

29. 只要出发,再远的未来,也有到达的一天!